聖女的毒杯
那種可能性我早就想到了

聖女の毒杯　その可能性はすでに考えた

井上真偽
Inoue Magi

目錄

人物介紹

《主要人物》

上苙丞——立志證明奇蹟存在的藍髮偵探。

姚扶琳——中國黑幫前幹部。借給上苙鉅款的中國美女。

八星聯——上苙從前的徒弟。聰明的少年偵探。

宋儷西——扶琳從前的工作夥伴。

卡瓦列雷樞機——在梵蒂岡的封聖部擔任審查委員，負責審核奇蹟。

《案件相關人物》

和田瀨那——嫁進俵屋家的新娘。

山崎雙葉——伴娘。負責倒酒。

和田一平——新娘的父親。

室伏珠代——俵屋家的幫傭婦。

和田時子——新娘的姑姑。

橘　翠生——愛美珂等人的表哥。

俵屋廣翔——新郎。

俵屋正造——新郎的父親。

俵屋紀紗子——新郎的母親。

俵屋愛美珂——新郎的大妹。

俵屋絹亞——新郎的小妹。

第一部　婚

《斷想》

——夾竹桃的樹枝含有致命的劇毒喔。

一位自殺身亡的朋友曾經這樣說過。只想得起這麼可怕的對話真是抱歉。今天是她的忌日，我真希望用美麗的回憶來緬懷故人，但我們平時聊的全都是毒藥或自殺之類的話題。那真是一段晦暗的高中生活。

不過，她談起死亡的時候是最生氣蓬勃的，那正是她的夢想、她的希望。在事事皆不如願的人生中，若說我們還有什麼選擇權的話，那就是選擇要在何時離開這段人生，而她真的行使了這項權利，放棄了別人加諸於她身上的角色。就像勇猛、果斷、忠心愛國的士兵死在戰場上那樣雄壯激昂。

這份壯士斷腕的決心簡直令我想要鼓掌，我好崇拜她，既羨慕又嫉妒，因為我自己做不到。我沒辦法，只是因為膽小而已。我怕痛，又怕受苦，光是想像自己從這個世界消失、去了另一個未知的地方，就讓我很害怕。

所以我覺得，要自殺就該選擇服毒。沒有痛苦、沒有折磨、可以讓人像睡著一樣寧靜死去的毒藥。我不確定世上究竟有沒有這種毒藥，還得調查一下才能知道。她的建議是吃安眠藥，不過最近的安眠藥很難致人於死地，就算是藥效較強的藥，可能也要連灌好幾瓶才死得了，這對食量不大的我而言根本是酷刑，再說我本來就很不擅長吞藥片。

從半開的和室紙門望出去，可以看見院子裡的夾竹桃沙沙搖曳著綠葉。現在是仲夏，再過一些時日，枝頭三三兩兩的花苞就會開出純白的花朵了。什麼時候才會開花呢？明天嗎？下週嗎？還是一個月後？

在那之前我死得了嗎？真希望快點找到妥當的死法。我看著擱在腿上的行李箱，決定先處理今晚的問題。光吃安眠藥沒什麼用，但配酒服用會有加成效果，應該更容易死吧。膽小的我今晚還是懷著一絲希望，用酒把睡前服用的藥片沖進喉中。

第一章

尾礦庫——好像是叫這個名字吧。

下方是一座水壩，用來容納附近礦山排出的礦渣廢水，也就是「礦場廢棄物的蓄水池」。

所以山崖下的湖水既骯髒又混濁，呈鐵鏽色，水面還漂著一層油膜，一看就知道非常地毒，不過最危險的並不是它的外觀，而是湖底那些像千層派一樣層層堆積的銅、錳、砷、鎘……等等會危害人體的各種重金屬。

真是個可怕的毒窟。聽說世界各地都有類似這樣的尾礦庫，好像還發生過尾礦庫潰堤造成嚴重環境汙染的事。總之這就像是煉蠱毒吧——把各種毒蟲關在一起自相殘殺，創造出更強的毒蟲。

不過，最可怕的還是……

「請原諒我……請原諒我……」

最可怕的還是人心的毒，也就是「謊言」。姚扶琳啣著心愛的菸管，感傷地這麼想著。再也沒有比信任之人的背叛更令人傷心的了。

「請原諒我……我絕對不會再做這種事……我絕對不會再背叛妳……」

扶琳對年輕男人的哭泣哀求充耳不聞，冷冷地吐出一口煙。事到如今還說這些幹麼？就是原諒不了才要這麼做啊。真希望這傢伙至少維持最後的尊嚴，爽快地去死，別再繼續活著丟人現眼。

「我說高橋啊……」

扶琳用教導幼稚園兒童的語氣說。

「說謊有兩種，一種是可以挽回的，一種是不能挽回的，而你所做的是後者。我是因為信任你，才把公司交到你手上，而你卻辜負了我的信任，害我損失慘重，現在你只能以死謝罪了，至少讓我看看你的誠意吧。」

她苦口婆心地勸告，卻沒有得到回應，只聽見惹人心煩的啜泣聲。沒想到這男人這麼軟弱，她在面試的時候還以為他是個更有骨氣的人。

反正只是個雇來當傀儡的傢伙，也沒辦法要求太多……現在更麻煩的是要收拾這男人惹出來的禍。她有一間用來洗錢的人頭公司，她雇來當傀儡社長的這個男人卻盜用了公司的錢。

最令她頭痛的事，就是那些錢屬於她以前待過的中國黑幫。她雖然已經金盆洗手，來到日本新宿老老實實地經營融資公司，但是礙於人情的壓力，還是不得不為幫派提供洗錢的管道。

現在她必須拿巨額賠償金和這傢伙的人頭回去賠罪，又得找人遞補這個傀儡社長的位置，此外還有一些問題必須善後。這些拉拉雜雜的事要花多少時間才處理得完呢……

「那個……」

男人背對著懸崖，用哭泣的語氣問道：

「妳準備怎麼處置我？」

扶琳有點詫異。怎麼處置……都到這個地步了，難道他還以為今天只是來參觀水壩嗎？

「……你後面的是什麼東西？」

「水壩。」

「水壩裡有什麼東西？」

「有水。」

「那就對了。你既然是日本人，應該知道『投水自盡』這句日語吧？」

男人回過頭去，戰戰兢兢地往下看。

「妳是要我跳水壩自殺嗎？可是……」

他害怕地縮起身子。扶琳多少可以理解他的心情。也對，這裡的水這麼髒，一看就令人噁心，確實不太適合做為自殺的地點。

不過她早就考慮到這點了，這也是她等到太陽下山才來的理由之一。如果是晚上來投水，就看不到水有多髒了，警方也不會發現這並不是自殺。

男人轉回來，顫聲說道：

「可是……下面……沒有水耶……」

扶琳愣了一下。

她謹慎地和男人保持距離，望向崖下。真的耶。或許是今年冬天雨量比較少，湖面降低，岸邊的岩石都露出來了。現在是枯水期嗎？扶琳知道日本的河水到了夏天水量會變少，但現在還是初春，所以她一時疏忽了。

也罷，總是會發生一些狀況的。

扶琳呼地吐出一口煙，做出了結論：沒差。她判斷這件事不會影響到整個計畫，就用滿不在乎的表情說：

「不要會錯意了，我沒有叫你跳進水裡。所以你的死因不是淹死……」

她想了一下。

「是摔死。」

＊＊＊

上了新幹線後，她發現自己的座位被一個小孩占據了。

一頭亂翹的柔軟頭髮，額頭較寬的稚氣臉型……是那個小鬼。扶琳握著車票呆立不動，正無聊地吃著零嘴的孩子停下動作，對她露出了微笑。

「啊，扶琳小姐，妳早啊。今天的天氣真不錯……」

扶琳立刻轉身走到車廂外，靠著車門，從包包裡拿出手機撥號。

鈴響幾聲之後，對方接聽了。

「喂？」

「是我。」

「喔，扶琳啊。怎麼突然打電話過來？收利息的日子不是還早嗎……」

一聽到這樂天的語氣，扶琳就覺得頭痛。此人就是她那些廢物顧客的其中一位——藍髮偵探。

「……我有一件事要問你。為什麼你以前的徒弟坐了我的新幹線座位？」

「我以前的徒弟……妳是說聯嗎？這個嘛，為什麼聯會在妳那裡……」

偵探默默地想了一下，然後喃喃說著「哈哈，這個嘛……」。

「是怎樣？」

「可能是這樣吧……妳想嘛，聯的父母不是都在工作嗎？他們忙到連暑假都沒時間去旅行，所以聯就吵著要我帶他去抓獨角仙，可是我也忙著調查奇蹟現象……然後我想到聯校慶放假的那天妳剛好要到外縣市出差，就建議他請妳帶他一起去……」

扶琳火冒三丈地掛斷電話。若不是工作還要用到手機，她鐵定會冒著要賠錢給鐵路公司的風險把手機砸在玻璃窗上。

她一臉疲憊地回到座位，就看到那孩子天真地貼在車窗上，興奮地叫著「扶琳小姐！扶琳小姐！好棒喔！剛才有牛耶……」，然後他突然收斂神色，低聲道歉「啊……

對不起，我擅自換了窗邊的座位」。

難道他以為這是她不高興的理由嗎？扶琳搖搖頭，一屁股坐在旁邊的座位，懷著無奈的心情從包包裡拿出罐裝啤酒和一包下酒零食。

她感覺有一道視線盯著自己的手，然後發現八星正轉頭看著她。

「那是什麼？」

「鰩翅。」

「鰩翅……妳是說用赤魟或鰩魚的魚鰭晒乾做成的海產加工品嗎？用烤的似乎更好吃喔，在東北地方還會拿來燉煮，聽說這也是法式香煎魚排少不了的材料……」

「你要吃嗎？」

扶琳給了八星一片，他專注地盯著它一陣子，還先拿起來聞一聞，才戰戰兢兢地放進嘴裡。

「……好硬。」

「可以鍛鍊下顎。」

八星歪著腦袋咀嚼了起來。她覺得自己就像在餵狗吃骨頭。

扶琳握著啤酒罐，觀察這孩子陷入苦戰的模樣。

「……你真的要跟我去嗎？」

「是啊。會給妳添麻煩嗎？」

「這還用說嗎？我又不是去玩的，而是有重要的工作，所以不能帶你去。」

「不要這麼說嘛……我不會打擾妳工作啦，我也可以自己一個人去抓獨角仙啊。」

「這不是打擾不打擾的問題……」

「真的不行嗎？可是師父說……」

「你師父說了什麼？」

「師父說，扶琳小姐一個人一定會很寂寞……就算她嘴巴拒絕，心裡還是會很高興的。而且扶琳小姐其實很喜歡小孩……」

她差點就把整罐啤酒砸在這小鬼的頭上，好不容易才忍了下來。她的案底可是黑得很，最好不要在公共場所做出引人注意的事。

八星可能是看到扶琳的拳頭在顫抖，就嘆了一口氣，像是打消念頭的樣子。

「我知道了。那我只跟到可以當天來回的距離，然後就一個人回家。這樣妳可以接受了吧？」

他說完便安分地望向窗子。扶琳總算鬆了口氣，心中卻有一股抹不去的擔憂。這小鬼……真的放棄了嗎？

八星聯——這是剛才跟她講電話的藍髮偵探上苙丞從前的大弟子。

他的外表看起來只是個純真的小學生，其實他是個能力不輸大人的天才兒童，思慮清晰、博學強記、才氣煥發，語文能力極強，連中文都會說。光看智商的話，她雖不甘心，還是得承認自己比不上這個小鬼。

這個精明的小鬼會因為她一句拒絕就輕易放棄嗎？說不定他只是假裝要走，其實打算偷偷跟來……

扶琳正在疑神疑鬼時，一旁的八星緩緩把手伸到窗邊，拿起寶特瓶來喝，但瓶子好像空了，他用一隻眼睛窺視瓶內，對扶琳露出哀求的目光。

「那個……不好意思，扶琳小姐，妳還有沒有喝的東西？我吃了鯊翅之後口有點渴……」

扶琳板著臉把包包放在腿上，摸索了一下，隨即拿出一瓶烏龍茶。

「我已經喝了一半，你不介意的話可以喝光。」

扶琳粗魯地遞出瓶子，八星一臉欣喜地接去，立刻打開仰頭大喝，像小羊吸奶一樣咕嚕咕嚕地喝乾。

扶琳瞇著眼睛在旁邊看著，突然看到自己的表情模糊地映在玻璃窗上，趕緊消去嘴角的一抹笑意。

＊＊＊

到站之後，扶琳打電話給相約的對象，然後在票口前等待。

這是外縣市的一個小鎮，從地理位置來看並不算太偏僻，但車站周遭沒有顯眼的店鋪或便利商店，感覺十分冷清。

這地方應該是觀光地區，票口外面就有導覽地圖和計程車招呼站，但是幾乎看不到觀光客和車輛。抬頭就會看到遠方有一座圓圓的小山，山的另一邊是別的車站，那一帶似乎發展得更繁榮。觀光客多半都去了那邊吧。

扶琳漫不經心地看著導覽地圖旁的裸女照，這時手機突然響起，她拿起來一看。

『扶琳小姐！妳太過分了！竟然餵小學生吃安眠藥！妳是惡魔嗎！』

這是她收到的簡訊內容。扶琳只瞄了一眼，就立刻按下刪除鍵。

她知道絕對不能把他看作普通的孩子，所以在剛才的烏龍茶裡下了安眠藥，等他昏睡之後就把他丟下了。

小孩子就該乖乖地睡覺。看到八星毫無戒心地喝下飲料時，她忍不住露出了笑容。對別人一點戒心都沒有，果然還只是個孩子。等八星睡著以後，她就偷偷幫他把車票的目的地改成終點站，讓他舒舒服服地睡上一場好覺。要到這個車站還得換幾趟民營鐵路，所以就算那小鬼知道她在新幹線哪個車站下車，也沒辦法跟到這裡來。

不過扶琳還真有些意外，沒想到他會罵她惡魔，虧她還覺得使用暴力太不成熟，特地挑了這種溫和的手段呢。

扶琳思考著這些事，接著終於看到一輛輕型車停在面前。

一位頭髮全往上紮的女人下了車，一邊不停鞠躬，一邊小跑步過來。山崎佳織——她就是扶琳在等的人。

「對不起，李小姐，勞煩妳大老遠跑來這個窮鄉僻壤……」

李小姐是扶琳的假名。山崎太太大約三十五歲上下，穿著簡單的藍襯衫和牛仔褲。最近的女人看起來都比實際年齡更老，大概是過得太勞碌吧。

「妳好嗎？」

「是的，託妳的福。」

「生活上都還順利嗎？」

「是的。」

「沒再玩那個了吧？」

扶琳轉動手腕，做出轉門把的動作。山崎打開後座的車門，一邊輕鬆地笑著說：

「這一帶沒有小鋼珠店啦。」

扶琳坐了進去，車子隨即發動。

現在已經是傍晚了。離開車站不久就是一片田園風光，民宅稀稀疏疏，比較顯眼的只有電線上的麻雀和烏鴉。

「對不起，我常走的橋封起來了，所以必須繞到遠一點的山路。」

山崎一邊開車一邊抱歉地說著，扶琳依然滿不在乎地看著窗外的風景。

「……這個地方真的什麼都沒有耶。」

「是啊。」

「生活很無聊吧？」

「是啊。啊，沒有啦……不至於無聊啦，我每天還是有很多事要忙，譬如生活的瑣事，還有照顧女兒。」

「妳女兒已經上國中了吧？」

「是啊，所以還要想辦法湊學費……啊，對了，我要謝謝妳送我女兒的入學禮物，雙葉很高興呢。」

我有送過禮物嗎？扶琳搜索著不靈光的記憶。我送了鋼筆嗎？還是別出心裁的中國香木……反正不管送了什麼，一定不會是太值錢的東西。

「那個……」

「李小姐今天來此的理由，應該不是討債吧……？」

扶琳聽了不禁苦笑。

「難道妳還欠我錢嗎？」

「沒有，全都還清了……」

「那妳還有什麼好擔心的？我又不是只會討債的惡鬼。我今天是來告訴妳一條生財之道。」

「生財之道？」

「是啊，詳情等一下再說……妳有沒有興趣當社長？」

山崎雖然正在開車，還是忍不住回頭望向後座，又急忙轉回去。

「……社長？」

「是啊。」

「不不不，我不可能啦。雖然我不知道那是怎樣的公司，但我一點長處都沒有……」

「說是社長，其實只是當人頭，所以不要求工作能力要多好，重要的是人格。」

「我對自己的人格也沒多少信心……」

「妳是個遵守約定的人，就連沉迷小鋼珠的時候都能在期限內還錢，最後債務全都還清了。算是通過初審了。」

「可是我很怕討債……」

山崎似乎想起了不好的回憶，語調突然變得低沉，好一陣子沒再開口。

「……李小姐的身邊一定還有很多人選吧？不需要特地來找我……」

「那可不一定。在這個業界裡，沒有野心的人比能力好的人更難找。而且……」

「而且？」

「沒有，沒什麼。那妳怎麼想啊，山崎？這樣每個月都會多一筆收入喔，對妳也不是件壞事吧？」

山崎沉默地開著車，似乎正在思考。

「能得到李小姐的賞識是我的榮幸……可是，這麼重要的工作我也不知道做不做得來……」

車子持續行駛在田間小路上。

過了一陣子，前方出現一棟環繞著典雅圍牆的房子，圍牆外面還有一圈開著雪片般白花的樹籬。

夾竹桃的樹籬。深綠色的葉子襯托著清純的白花。

處處都顯得古色古香，看起來就像地方領主的宅邸，儼然是個有形文化遺產。

「對了……」

經過宅邸的門前時，駕駛座上的山崎低聲說道：

「明天這裡要舉行婚禮……我家的雙葉要出席。」

扶琳有點訝異。

「妳女兒？婚禮？」

「是啊……啊，不是雙葉要結婚啦，她只是被找去當伴娘。」

這個很少談論自己事情的女人突然嚼起了舌根。

「她負責在婚禮上倒酒、做些餘興表演……明天的婚禮全是照著本地的傳統，習慣上會找本地的年輕女孩當伴娘，所以俵屋家特地來拜託我們……今天上午還得先彩排，幸虧學校剛好有補假。妳或許會覺得我這個當母親的在老王賣瓜，但我的女兒真的長得很可愛喔。」

她的語氣十分開朗。

「那棟房子就是俵屋家，明天要結婚的是他們家的長男。我從沒聽別人說過這家子一句好話……不過反正他們有給紅包，而且本地的電視臺還要來做現場直播，搞不好我們家的雙葉會被某個正巧看到節目的製作人相中……我隨便說說的啦。只是個白日夢。」

扶琳不禁苦笑。如果這女人會期待這種突如其來的好運，將來說不定還會再次沉迷賭博。這一點真是大扣分……不過，考慮到她望女成鳳的心情，這種期待還在可以接受的範圍內。

山崎說完那些天馬行空的幻想之後，再次陷入沉默。過了河以後，出現在眼前的只有平凡無奇的田野，不久後就開進了山路，一路上都是樹木包圍的彎道，視野不太良好。

不知道轉到第幾個彎，扶琳突然吸了一口氣。

一片深紅的花海竄進了眼中。

一位穿著純白洋裝的黑髮女子如幽魂般站在花前。

那些紅花是夾竹桃嗎？彎道的內側是一片茂密的草木。那個穿洋裝的女人太沒有存在感了，扶琳一開始還以為自己看見了幻覺，不過車子一靠近，女人就貼近夾竹桃，彷彿要用葉子遮住自己。

車子經過那女人身邊時，扶琳和她四目交接。她穿著如喪服般的白衣，一頭漆黑長髮，五官算是清秀，但眼睛卻像死人一樣毫無光輝。

扶琳的背上冒起一陣寒意。仔細一看，在穿洋裝的女人腳邊，夾竹桃和馬路之間的路肩，豎立著一塊像嬰兒般大小的石頭。是墓碑嗎……不，應該是石祠吧。

車子繼續往前開，女人的身影從視野裡消失，扶琳無意識地放鬆了肩膀。

「剛才那位應該是新娘吧……」

聽到從駕駛座傳來的這句話，扶琳立刻回頭。

「新娘？明天要結婚的新娘？」

「是的。」

「為什麼都傍晚了還站在那邊？」

「呃……可能是……」

山崎猶豫了一下才繼續說：

「在祭拜『和美小姐』吧……」

「『和美小姐』？」

「是啊，就是那座石祠供奉的女人……啊，我家快到了，這件事等到家之後再繼續說吧。」

車子離開山路，來到了住宅區，似乎是新蓋的，建築物排列得整整齊齊。看來山後的車站確實發展得更繁榮。

扶琳往後靠著椅背，按下車窗按鈕。外面的風吹了進來，可以感覺到溫熱的空氣。現在毫無疑問是夏天，她卻覺得彷彿掉進冰窖。剛才那個像異世界般的陰森畫面是怎麼回事……

車子慢慢地減速，兩旁都是很新的房子。扶琳轉頭望向西邊的天空，夏季的太陽漸漸變成橘色。敞開的車窗外傳來了遙遠的平交道噹噹聲。

《斷想》

剛剛開過去的車上載了一位貌如天仙的大美人。

她是女明星嗎？看起來不像日本人呢……難道是好萊塢的明星？如果是明星祕密出遊，怎麼會來這種平凡的小鎮呢？

我暗暗祈求自己的身分沒被發現，再次蹲在「和美小姐」的祠前。

這是個隨便搭成的祠廟，只是把三角形的石頭當成屋頂蓋在長方形的石頭上。

這就是她的慰靈碑。石祠前有一個A4大小的長方形水缽，這水缽也很簡陋，只是把地面的岩石挖洞做成的，僅有的擺飾就是一個酒杯。來參拜和美小姐的人似乎都不想留下來訪的證據。

因為這是個不該祭祀的對象……

我打開自己帶來的日本酒，倒入水缽。酒會招來蚊蟲，所以這種行為似乎不太妥當，不過這裡是人煙罕至的山路，供奉一些她喜歡的酒也沒關係吧。

或許是被酒香薰醉了，一朵深紅的花朵輕輕落入水缽。

來不及等夾竹桃開花了。

懊悔如魚刺一般鯁在我的心頭。結果我還是不像那位老朋友及和美小姐這麼堅強。我鬱悶地抬起頭來，看到頭上開滿了如鮮血般豔紅的夾竹桃。鎮上的夾竹桃幾乎全是白色或黃色，不知為何只有和美小姐祠廟周圍的花是紅色的。有人說，這是和美小姐的血色。

她的性格非常剛烈，連死都要把周圍染成一片血海。

相較之下，我又算什麼呢？如果她是戰士，我就是奴隸。無法改變任何事、也不敢奮力一戰的我大概沒資格來找她求救吧。

在自我批判中，我無力地閉上眼睛。傍晚的風吹起，吹亂了我的頭髮，也吹亂了我的心。空白的祈禱。不成形的願望。我懷著空洞的心情，朝著日晒雨淋的樸素石祠低頭良久。

第二章

「那麼妳是答應囉？」

聽到扶琳再次詢問，山崎表情僵硬地點頭說「是的」。

扶琳終於鬆了一口氣。這麼一來公司的繼任問題就解決了。最近主婦開公司的例子不少，所以找她當社長也還說得過去。接下來要處理的則是……

就在此時，咚咚咚的敲門聲響起。

「……媽媽，晚飯準備好了。」

彷彿是刻意等到她們談完，山崎的獨生女這時才出現。這就是山崎提過的雙葉，確實跟她說的一樣漂亮，那頭直順亮麗的黑髮很像日本的人偶。

山崎有點難堪地說：

「不好意思，李小姐，家裡沒什麼好東西可以招待妳……不過我女兒的廚藝還不錯喔。」

以前那個小鋼珠成癮者以母親的神態說著。扶琳感到很有趣。這個女兒或許就是她奮發圖強的原因吧……這也是扶琳能相信她的原因。既然她有要保護的對象，一定不會胡作非為的。

扶琳送給她女兒的入學禮物是香木和旅館住宿券。為什麼會送這兩樣東西呢？她自己也不知道這點子是打哪來的。她女兒似乎很喜歡香木，如今客廳裡也點著薰香。住宿券已經被她們母女倆在今年春假用掉了，聽說那裡是賞梅勝地，風景十分優美。

「那個是叫沉香嗎……看起來好像很高級，真是讓妳破費了。」

山崎分著她自傲的女兒做的菜，一邊向扶琳道謝。

那塊香木確實很貴，不過扶琳自己用不到，只是放著積灰塵罷了，住宿券也是從債務人那裡白白拿來的，送出去也不會心疼。

扶琳很不喜歡香木的味道，因為這會令她想起以前待過的中國黑幫。那個組織裡有很多女人，其中不少人都喜歡焚香。

突然間，她的腳踢到了什麼東西。

扶琳低頭一看，有一團毛茸茸的生物正在咬她的腳趾，然後也抬頭盯著她。

「啊，小麥，不行啦！」

雙葉急忙鑽到桌底，拖出那隻生物。那是一隻狗。臉上覆蓋著長毛，有著醜陋短鼻子的小型犬。

這隻狗是她們春天去旅行的時候撿回來的。狗大概是走丟了，就偷偷溜上她們的車。牠的脖子上掛著有鈴鐺的項圈，所以她們把狗送到警察局，但她們也不知道狗是在哪裡上車的，所以警察沒辦法處理。

狗在少女的懷中掙扎著，把鼻子和前腳朝扶琳伸過來，大概是對她手中的酒有興趣。

「這隻狗有點奇怪，牠很喜歡喝酒……而且牠還喜歡隨便撿東西吃，所以動不動就吃壞肚子。真是隻笨狗。」

雙葉聽了就不高興地向母親抗議。

「小麥聰明得很，牠還會表演特技喔。」

「啊，牠的確會表演……這孩子會踩球喔。牠還要在明天的婚禮上表演……」

喔？扶琳隨口回應。她完全不在乎跟自己沒有利害關係的事物。

雙葉抱著掙扎不停的狗，拉拉母親的衣服，附耳說道：

「媽媽，為什麼不把廚餘拿出去丟啊？」

「咦？今天要收可燃垃圾嗎？」

「是啊，今天是星期五。傍晚收垃圾的時候我要出去買菜，我不是告訴過妳一定要拿出去丟嗎？」

母親「抱歉抱歉」地滿口賠罪，女兒還是鼓著臉頰埋怨「真是的」，抱著狗走出去了。山崎轉過頭來看著扶琳，尷尬地抓抓鼻頭。

「……我們鎮上的垃圾是到府回收的。」

她辯解似地說道。

「不過他們收垃圾的時間很晚，本來是下午，但最近常常拖到傍晚。現在是夏天，廚餘放在門口會發臭，所以雙葉叫我要等到垃圾車快來的時候再拿出去，但我要去車站接妳，一不小心就給忘了。哈哈……」

這位母親喝了一口啤酒，然後突然驚覺一件事。

「啊，李小姐，妳知道什麼是到府回收嗎？這是日本的習慣，垃圾車會開到每一戶的門前收垃圾……」

扶琳露出苦笑。她才不在乎這種事，不過這種無聊話題倒是很適合在輕鬆喝酒的時候拿來閒聊。

＊＊＊

吃吃喝喝一陣子以後，山崎又提起了「和美小姐」的話題。

「『和美小姐』是這地方自古流傳下來的故事……啊，我還有觀光手冊，妳要看嗎？」

她一邊說，一邊走到放電話的櫃子，拿出摺成手風琴狀的印刷物。

扶琳打開來看，上面印著一個大眼睛少女的畫像，一旁寫了簡單的故事大綱。

『～和美小姐傳說～

很久很久以前，這個地方有一位非常美麗的姑娘，名叫和美。某天，有一位大人看上了和美，要把她召進城裡，和美卻拒絕了。姑娘的父親就是這位大人的家臣，惱羞成怒的大人把他召來嚴厲斥責，膽小的父親非常惶恐，一回家就命人將女兒綁起來，當晚便把她送進城裡。

女兒在外城哭了七天七夜，哭完之後，她去見這位大人，說自己願意順從，還要在城郊一座長滿夾竹桃的庭院裡親手泡茶招待大家做為賠罪。大人聽了很高興，便立刻去辦了。

在這場茶宴上，姑娘把夾竹桃枝熬出來的湯水加入茶中，毒死兩家的所有男人。這兩個家族的血脈從此斷絕，城郊的夾竹桃卻越長越茂盛。』

「……這份手冊已經取消，沒再發行了。」

扶琳正在想這個平鋪直敘的故事怎麼會有如此悽慘的結局，山崎便在一旁補充說明。

「妳看，內容確實不太妥當吧？雖然故事是真的，不過很多人都抱怨說『和美小姐』只是個殺人犯，不應該把這種人物當成觀光賣點……

也有一些相反的意見，有人認為這是一個『爭取女權』的故事，但他們又說這幅

『和美小姐』的畫像太煽情，有物化女性的嫌疑……大家吵得沒完沒了，結果後來就取消了。」

扶琳歸還了手冊，山崎又把它摺好放回原處。

「話說回來，『和美小姐』的傳說在這個鎮上早就根深柢固了，現在還有很多人會在婚前舉行『七夜考』。」

「七夜考？」

「是的。就是婚前先讓新娘在新郎家裡住七天的風俗習慣……如果在這一週間，新娘反悔了，隨時可以取消婚禮。這就像是現在說的試用期，或是考慮期。」

扶琳一聽就笑了。這種傳統習俗倒是挺先進的。

「新娘有七個晚上的時間可以考慮，所以叫作『七夜考』，典故大概是來自『和美小姐』哭了七天七夜的事吧。這可能是為了避免其他女孩遭遇像和美小姐一樣的不幸，又或者是以前的人害怕和美小姐會再出來作祟，理由眾說紛紜。總之這個地方非常尊重新娘對婚姻的意見。

相較之下，新娘父親的待遇卻很慘，甚至還要下跪。」

「下跪？」

「就是『下跪相送』，新娘的父親在女兒離家的時候要跪著送她出門。還有送親遊行之中的『圍剿娘家』，最近比較少人做這種事了……啊，不過明天送親途中可以看到。李小姐要不要一起去看看啊？很有趣喔，還可以抒發壓力。」

扶琳不置可否，只是含糊地回答「我想一想」。她不太明白發洩壓力是怎麼回事，總之就是新娘極受抬捧，而她的父親相對地要遭到貶低的意思吧。這也是那個傳說造成的嗎？

山崎伸出筷子，夾起盤裡的青椒炒肉絲。

「一定要去看看，我可以帶妳去……在我看來，這地方的習俗應該都是做給和美小姐看的，彷彿在告訴她『我們沒有強迫女兒出嫁，所以請不要向我們作祟』……

從現代法律觀點來看，和美小姐的確是個殺人犯，但她在這鎮上也是女性的守護神。現在還有不少人會偷偷去和美小姐的祠廟祭拜喔，但是已婚女性做這種事的時候要很小心，因為有丈夫的人會向和美小姐祈求的事只有一件。」

扶琳再次露出苦笑。這種驚世駭俗的能量景點的確沒辦法當成觀光勝地大肆宣傳。

「還有一件很奇怪的事。這一帶的夾竹桃開的都是白花或黃花，不知為何只有和美小姐祠廟附近開的是紅花，所以大家都說那是和美小姐的血色……」

扶琳又「喔」地隨口回應一聲。她對這種怪力亂神的話題一向沒有興趣。

「那麼新娘去那祠廟參拜是因為……」

「這個嘛……新娘也有自己的苦衷吧……」

山崎講得含糊不清。扶琳心想差不多該來一管了，便啣起菸管，頭髮往上紮的女人立刻機伶地遞上火柴，自己也叼起香菸，用便宜的打火機點火。

「我知道的也不多啦，就像我在車上提過的，俵屋一家人在這一帶的風評不太好，那個家族是經營不動產的，現在的爸爸繼承家業之後，他們家就突然變得很有錢，所以有閒言閒語說他們私底下幹了不少壞事……都只是謠傳罷了。

除了明天要結婚的兒子之外，他們家裡還有兩個女兒……那兩位也是出了名的壞女孩，以前經常有警察找上門呢，現在她們已經安分多了。」

喔……？扶琳聽得有點興趣了，但臉上還是裝得漠不關心。

「所以新娘才會不想嫁進那個家嗎？」

「或許吧。如果其他人看到新娘去那裡祭拜，應該會有其他的想法。」

「其他的想法？」

「是啊，譬如覺得她嫁進去只是為了錢，所以要祈求丈夫早點死……我是不會這樣想啦。

她真的不想結婚的話大可拒絕啊，畢竟這裡有『七夜考』。但她為什麼不拒絕呢……難道有什麼原因讓她沒辦法拒絕嗎……」

山崎往後一靠，壓得椅子軋軋作響，朝著天花板吐出一口煙。

雙葉又從隔壁房間回來了，她看見扶琳和自己的母親開始抽菸，便說「還有點心喔，要吃嗎？」。扶琳一點頭，少女就開心地跑進廚房。

頭髮往上紮起的母親慈祥地看著女兒的背影。

「別人家的事情我也管不著……但換作是我的話，絕對不會把雙葉嫁到那種地方去。絕對不會，鐵定不會，不管發生什麼事。就算他們再有錢也不行。」

＊＊＊

隔天是星期六。在這對母女的極力邀請之下，扶琳和山崎一起去參觀雙葉要參加的俵屋家婚禮。

確實是一場盛大的婚禮。這場遵循古法的儀式始於新娘在午後離開娘家前往夫家。這就是所謂的「送親遊行」。附近的居民、觀光客、地方媒體都紛紛湧入鎮上來參觀，甚至連攤販都出現了，熱鬧得簡直像在辦廟會。

水田之間的小道兩旁擠滿了參觀的民眾，扶琳也站在路邊吃著烤魷魚，等待隊伍走來。這時周圍人們開始騷動，伴隨著吵雜的聲音，一行人從遠方慢慢接近。

隊伍中的男女老少都穿著豪華絢麗的服裝，短袖襬和服、長袖襬和服、和服袴、和服短褂……總數將近五十人。上方是如長槍般高舉的燈籠，下方是綁著頭帶的年輕人拖著的大鼓。

以大鼓和笛子演奏的傳統樂曲還配上了長唄三味線的聲音。隊伍中還有載著巨大衣櫃的豪華拖車，那大概是新娘的嫁妝吧，拉車的馬匹也繫了紅白繩、套著金銀馬具，只能用富麗堂皇來形容。

除此之外，有一個矮小男人穿著隆重的家徽黑外褂和褶裙，獨自走在隊伍前方一段距離。觀禮的人潮一看到那男人走近，都嚷嚷了起來。

「這個人口販子！」「你有得到女兒的同意嗎！」「明明沒有為女兒做過多少事，神氣什麼！」「人渣老爹！」

男人原本就如過街老鼠走得縮頭縮腦，聽到眾人的辱罵又惶恐地把身子縮得更小，用外褂袖子遮住垂低的頭。見眾人突然破口大罵，扶琳不禁愕然，山崎隨即在一旁解釋：

「這就是『圍剿娘家』，大家藉著痛罵新娘父母來安撫和美小姐的怨氣，據說這樣可以除厄避邪。正常的情況是父母兩人都要出場，但這位新娘是單親家庭……

還有，聽說父母被罵得越凶，新娘就會過得越幸福，所以大家都罵得很不客氣，有些新娘捨不得看到父母被羞辱，還會在路上哭起來……」

能罵的話差不多都罵完了，後來開始出現一些毫不相關的發言，諸如「肚子餓了！」、「我也想要結婚！」、「先讓我交到男朋友吧！」、「給我工作！」……

山崎對扶琳笑了一笑，也把雙手在嘴前圍成一圈，大喊：

「快給我還錢！」

場面已經變成吼叫比賽了。這就是「抒發壓力」嗎？

除了罵人之外好像還可以丟東西，那男人全身上下都有被水果或糕餅砸過的痕跡。他的身後有個打扮得像神主的男人如祈禱般唱著「離去吧！安息吧！」，還有一群巫女打扮的女性拿著籮筐，把裡面的點心灑向兩旁的觀禮民眾。還有一些死小孩撿起點心之後又跑到前面丟那個男人，反正也沒人會怪他們。

扶琳突然發現，至今都還沒看見新娘，搜尋了一下，才看到隊伍中央的紅色陽傘，以及坐在牛背上的女人。她穿著純白的和服及頭巾……那好像叫白無垢和綿帽子吧。新娘不是騎馬而是騎牛，也有一種難以言喻的風情。

旁邊有個穿著可愛長袖襬和服的少女推著輪椅。少女就是雙葉，坐在輪椅上的是一個五十多歲的女人，她穿的也是看起來很貴重的豪華和服，人卻長得黝黑質樸。她偶爾會和新娘說幾句話，大概是女方親戚吧。

隊伍經過時，雙葉發現母親和扶琳，悄悄地揮一揮手，扶琳也反射性地朝她揮手，但又隨即縮回來，盯著自己的手看。這時，她突然瞥見新娘的眼角閃著光輝。是淚水。這個新娘一定也很捨不得看到家人挨罵吧。

送親遊行從午後就開始了，雖然距離只有十分鐘車程，卻在這炎炎夏日之中走了將近三個小時。好不容易才到達新郎的家，新娘一行人進了大門。

一般民眾也可以走到中庭，所以愛看熱鬧的人們陸陸續續跟了進去，扶琳也隨著人潮走進大門。

裡面是一座傳統風格的日式庭園，既寬敞又典雅，大大的荷花池旁有著庭石、白砂地和石燈籠，最顯眼的是一片開著白花的夾竹桃。

水池前方圍著黃色繩索，參觀民眾頂多只能走到這裡。隔著繩索和水池可以看見紙門敞開的大廳堂，那裡就是舉行婚禮的會場吧。

新娘終於在廳堂現身，接下來婚禮就要正式開始了。首先由介紹人發表一段古典的賀詞，接著是新郎父親出來問候大家，兩家人交換禮品，輪流用同一個大杯喝酒，然後是歡樂的歌舞……

這場宴席中死了三個人。

第三章

我嚇得說不出話。

眼中所見的是白色足袋的底部、衣襬底下露出的小腿，鼻子聞到的是嘔吐物的異臭，耳中聽到的是家人連聲呼喊死者名字的聲音。

有人按了我的肩膀，但我像石頭一樣無法動彈，即使努力睜大眼睛，看到的卻是像舞臺劇一樣毫不真實的景象。

怎麼可能？為什麼？怎麼會發生「這種事」……

＊　＊　＊

這個喜慶之日是個大晴天。

彷彿連老天都不了解我的心情。婚禮當天的早晨，我還賴在床上聽著院子裡麻雀的啾啾聲時，幫傭婦跑過來叫我快點起床。

我慢吞吞地爬起來換衣服，這時婚禮顧問公司的小姐也進來跟我打招呼，確認過婚禮程序之後，她問我要不要吃個簡單的早餐，我回答不用了。

她又勸我，還是先吃點東西比較好，因為新娘要到晚上才能吃東西……她留下這句令人沮喪的勸告之後就走了。

我這時才意識到。這樣啊……我在婚禮之間什麼都不能吃啊……

這次的婚禮一切都要依照本地的傳統習俗。

這當然不是我要求的，甚至不是新郎的要求，提議的是新郎的父親俵屋正造。他經營的不動產公司非常成功，在他這一代累積的資產就足以讓他們輕鬆買下這棟有形文化遺產等級的宅邸，真的是個富貴顯榮的人物。

也就是所謂的暴發戶。

正造先生打算舉行一場配得上這宅邸的婚禮。

聽說連地方電視臺都會直播這場婚禮，大家也太愛湊熱鬧了，但我其實一點都不在乎。我對這場婚禮沒有任何要求……其實我根本不想要這段婚姻。

我呆呆坐在房裡，很快地就有一群造型師湧進來，七手八腳地為我梳妝打扮。

我像一尊娃娃任他們為所欲為時，突然感到緣廊投來一道視線，轉頭一看，有個穿著長袖襬和服的國中小女孩正在紙門後面偷看我。

是雙葉小妹妹。

今天擔任伴娘和斟酒員的女孩。

她有一頭烏黑亮麗的頭髮，是個可愛的孩子。我一招手，她就靦腆地慢慢靠過來，一臉崇拜地盯著我看。

「那個……妳好漂亮喔。」

我微微一笑。

「謝謝妳。」

「當新娘好像很棒……」

我還是默默地笑著。這時若是正經反駁就太不成熟了。

「我知道，那個叫作綿帽子對吧？」

雙葉對我頭上的白色頭飾很感興趣，我又微笑著說：

「是啊。妳想戴戴看嗎？」

雙葉立刻眼睛發亮。

「咦？可以嗎？可是……」

「不行喔。」

緣廊的方向傳來了尖銳的語調。

「瀨那小姐，請別自作主張，那是我們家買的東西。不是租的，而是買的喔，如果弄髒就糟了。」

瀨那是我的名字，我叫和田瀨那。在房間外訓話的是俵屋愛美珂——新郎兩個妹妹之中比較年長的那個。她的年紀和我差不多，雖然她是個皮膚白皙的美人，妝卻化得很濃。

「雙葉也別穿著那身打扮到處跑，雖然那套衣服是租的，但是租金也不便宜。不好意思，妳在出發之前能不能乖乖地待在屋子裡呢？還有，表演開始之前最好都不要摸狗。」

「啊……對、對不起！」

雙葉滿臉通紅地跑回走廊。

我睜大眼睛看著未婚夫的大妹，心底非常反感，覺得她這話說得太刻薄。愛美珂瞇著眼睛看著雙葉跑走，一邊說道：

「窮人家的孩子挺可愛的嘛，反應真單純。」

我聽得不禁愣住。

愛美珂忍住一個哈欠，轉過來說著「對了對了，瀨那小姐」。

「我是要來跟妳說這件事的。從中庭穿廊走進這棟屋子，會看到旁邊有一扇掛著密碼鎖的門，對吧？妳出去的時候能不能順便鎖上呢？今天會有很多人進進出出的，要小心一點才行。隨便設一個密碼就好了。」

愛美珂說著「就這樣」，揮揮手走掉了。

我好一陣子沒有反應。身邊的造型師都裝作沒聽見我們的對話，一直默默地埋首工作。

我最後也低下頭，盡量不再去想那些事。這是我自己選的路，或許該說，是我自己選擇不要反抗……

然後我瞄了一眼放在房間角落的皮革行李箱。確實得小心一點。這個祕密箱子的提把用鋼纜鎖扣在壁龕的柱子上，還掛著三碼的密碼鎖。我得盡快把那個處理掉，反正我一直沒有勇氣把裡面的東西拿出來用……而且今後想必也是一樣。

過了中午，就是出發的時刻。我照愛美珂的指示鎖上那扇門，走出屋外，租來的黑禮車已經在門口等著了。

接下來我要回自己家。依照傳統的婚禮習俗，新娘必須從自己家走路到新郎家。因為「七夜考」的緣故，我一週前就已住進新郎的家，所以這道程序只是多此一舉，不過他們既然這樣要求，我也只能乖乖照做。

但我還真不想回到那個家。

車子走了沒多久，熟悉的家門就出現在我的眼前。要參加遊行的人，如樂隊和臨時工等，都已經聚集在門前了，那些人都是俵屋家雇來的。

禮車開進人山人海之中，我下了車，從走過無數次的玄關進了自己的家，在婚顧小姐的帶領下熟門熟路地走到最裡面，自己拉開客廳的紙門。

紙門後面有一個坐輪椅的女人，還有一個盛裝打扮、把額頭貼在榻榻米上的矮小男人。

我對女人打了招呼，無視男人的存在，直接走向佛壇，點燃線香，向祖先和亡母報告結婚的事。旁人看了或許會覺得奇怪，但在我們這地方正常得很。這就是「下跪相送」，父親在女兒出嫁時必須下跪磕頭送她出門。

不過他的下跪……

是「貨真價實的下跪」。

我又轉向輪椅上的女人，再次為了勞煩她而致歉。這位是我的姑姑，和田時子。她的腳本來很正常，只是前天不巧扭傷了。

走出家門，騎上牛背，婚顧小姐發出指示，送親隊伍便出發了。原本預定在最炎熱的下午一點出發，但是因為種種原故，整個行程提早了一個小時。

為什麼要騎牛呢？——這個疑問如兒歌一般，稍微舒緩了我悶悶不樂的心情。

＊＊＊

騎在牛背上的感覺沒有想像的那麼不舒服。

夏日的陽光很毒辣，但旁邊有人撐著紅色陽傘幫我遮陽。咻咻響起的輕柔笛聲配合著咚咚的鼓聲，還有長唄三味線的樂聲和神主的祈禱聲，真是一場愉快又熱鬧的遊行。

燈籠、旗幟、鮮花裝飾的拖車、鞍轡華麗的馬匹，光看就覺得賞心悅目。在我騎的牛旁邊，裝扮得十分可愛的雙葉慎重地推著姑姑的輪椅，偶爾和我視線交會時，她都會露出害羞的笑容，令我備感溫馨。

但是這舒暢的心情並沒有維持太久。路邊的觀眾越來越多，前方開始傳來難聽的唾罵，我的心底湧起了烏雲。「圍剿娘家」——這也是本地的習俗，但如今聽起來就像諷刺地詛咒著我生於此處的不幸命運。

有人吼出了一句「人口販子！」。

說出這句話的人應該沒有惡意，但是聽在我的耳中，就像一個不好笑的笑話。隊伍最前面的那個男人聽到這話又會做何感想呢……

這時，我的眼中流出一滴淚，但不是因為同情。這場婚姻已令我心如死灰，我才不會因為同情那個男人而哭，而是想到自己的委屈才難過得掉眼淚。

到了俵屋家之後，我離開遊行隊伍，和伴娘雙葉一起走向主屋的後門。

新娘走的不是正門玄關，而是連著廚房的後門，又是個我不理解的傳統習俗。進屋之後，在廚房裡迎接我的是俵屋家的三個女人——新郎的母親和兩個妹妹——以及電視攝影機，她們將生米灑在我的身上。

接著我和雙葉一起走進去，經過打掃得乾乾淨淨的白木走廊，來到了「月之廳」。我必須先在這裡和兩家親戚會合，再一起走進用來舉行婚禮的「大廳堂」。

一走進「月之廳」，就看見我的親戚都在裡面等著。

我的姑姑，還有另一個家人。他已經換掉了髒汙的禮服。姑姑現在沒有坐輪椅，而是抓著身旁男人的肩膀站著，這因為俵屋家要求「如果可以的話最好別坐輪椅」，實際上這就是一個命令。

我只朝著姑姑時子靜靜地鞠躬。時子漠然的臉上浮現一絲笑容。我重新打量她，發現她穿著一件漂亮的櫻花色和服。我剛才情緒有些激動，所以現在才注意到。

我讚美說「這套衣服真漂亮」，姑姑露出落寞的笑容。

「喔，妳說這個啊……這不是我的。早上我依照俵屋家小姐們的要求去了美容院，發現她們為我準備了這套衣服。大概是我自己的衣服太寒酸了吧……」

我為之語塞，心裡非常過意不去，甚至不敢直視姑姑的臉。

姑姑看我這副模樣，急忙轉移話題，說「妳這身打扮才漂亮呢」。其實姑姑和旁邊那個男人同樣患有白內障，應該看不清楚我的打扮吧。我含糊地笑了笑，振作起精神對姑姑說「我們走吧」，轉身走向走廊。

這時站在一旁的男人突然趴在榻榻米上。

「……抱歉。」

我視若無睹地走出去。

「下跪相送」早就結束了，這個男人如今沒必要下跪，我也沒必要搭理。

但是那句道歉之詞就像熊熊烈火灼燒著我的心。

抱歉？為什麼說抱歉？在自己女兒的大喜之日道歉是什麼意思？

因為這是一場不幸的婚姻，所以你才要向我道歉嗎？就算要道歉，為什麼要挑在這種時候？除了道歉之外，你還有更該做的事吧？

如果你還算是個父親的話……

但我把話吞了回去，這些事情去對鏡子說就好了。話說回來，我若真的那麼不想結婚，大可拚死抵抗，就像和美小姐一樣，而我卻沒有做出那種選擇。說到底還是我自己太懦弱。

＊　＊　＊

終於要到「大廳堂」了。

這裡是婚禮的會場，裡面已經坐滿了人。我走向房間最裡面的金屏風，新郎坐在屏風前，我在他的右側就座。日本現代婚禮都是讓新郎坐右邊，新娘坐左邊，傳統婚禮的座位則是相反的。我先等呼吸緩和下來，才開始觀察會場。

在我的右手邊，也就是南側緣廊的方向，可以看見寬敞的庭園和荷花池。參觀的民眾都圍在那裡。我的父親和姑姑背對著庭園，和新郎家屬相對而坐。用方位來敘述的話，南邊坐的是我的父親和姑姑，北邊坐的是新郎的父親、母親、大妹、小妹。以我的位置來看，兩方家屬依照長幼順序在我面前分成左右兩排相對而坐。

大廳堂分成東西兩部分，我們所在的是西邊的上座，其他出席者及電視臺工作人員都坐在東邊的下座。下座的人們面對著我們一排排地坐著，彷彿上座是舞臺，而下座是觀眾席。在觀眾席後方的緣廊一角放著一個狗籠，裡面應該是等一下要和雙葉小妹妹一起表演的狗。

【大廳堂的情況】

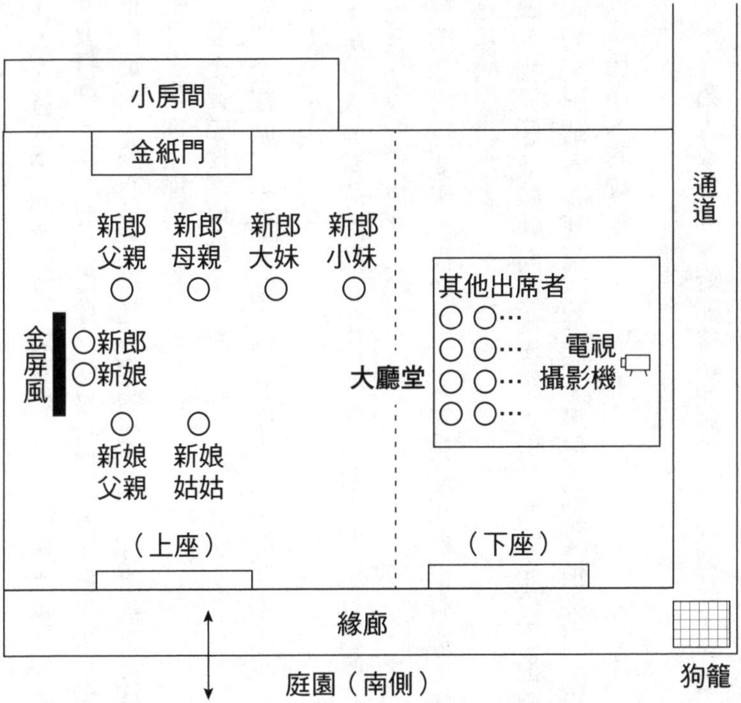
小房間
金紙門
新郎
父親
新郎
母親
新郎
大妹
新郎
小妹
金
屏
風
新郎
新娘
新娘
父親
新娘
姑姑
（上座）
大廳堂
其他出席者
電視
攝影機
（下座）
通
道
緣廊
庭園（南側）
狗籠

我一坐上新娘的座位，就看到前方投來的強光。

那是電視臺工作人員打的燈光。對了，昨天彩排的時候，俵屋家的兩個妹妹向工作人員要求過「燈光要打強一點，要拍得像女明星一樣」，正造先生也鉅細靡遺地指示了拍攝方式「亮度稍微提高，要有一點曝光過度的感覺」。凡事都喜歡搞派頭的正造先生大概不希望這老宅邸在畫面上顯得太陰沉吧。

既然如此，為什麼不乾脆換個場地？

大廳堂的樸素紙門全都貼了金箔，為了掩飾歷史久遠的黑木天花板的破舊，幾天前還請業者來裝了高亮度的ＬＥＤ燈。

除此之外，為了解決大廳堂的悶熱和花粉問題，還安裝了有過濾花粉功能的冷氣機。俵屋家所有人都有輕微的花粉症。

順帶一提，這裡的花粉主要來自夾竹桃。夾竹桃連花粉都有毒，而且還會引起花粉症，這種植物還真是麻煩。

因為燈光太刺眼，我只好把臉轉向南側緣廊，但外面的光線也很刺眼，水池和外牆的瓦片都會反射陽光。眼睛看哪裡都不舒服，隨便亂動又怕綿帽子歪掉，所以我只能垂下視線，靜靜數著榻榻米的紋路。

婚禮正式開始了。介紹人致賀詞、新郎父親問候、交換禮品，一項一項地進行。

這些都結束後，就是親戚之間的「大杯合飲」了。我不太喜歡和別人用同一個杯子喝東西，但這是代替「三三九度」（註1）的儀式，所以非做不可。

合飲儀式開始時，原本在下座的斟酒員雙葉要去上座北側的小房間裡拿出酒器。她用銀盤端出兩件酒器——「大杯」和「酒壺」——端到上座中央。酒器都是黑色的，酒壺的形狀像一個大茶壺。聽到「酒壺」會讓人想到細細的瓶子形狀，其實酒壺原本的造型就是像茶壺一樣。雙葉就地跪坐，用茶壺般的酒壺把酒倒入杯中。

她的動作不太流暢，可能是太緊張了，酒倒得斷斷續續的，我忍不住在心中默默幫她加油。

好不容易倒好了酒，她鬆了一口氣，接著又搖搖晃晃地把杯子端到我身旁的新郎面前，新郎接過酒杯，豪邁地喝了一大口，這時雙葉才露出安心的表情退下。

然後新郎轉向右邊，直接把杯子遞給我，我用雙手接過來。依照儀式，之後要喝的人都要一個接一個地把杯子傳下去。

我接過杯子以後，和新郎不同，只是稍微傾斜杯子，啜飲一小口。男人要豪爽，女人要文雅——這是正造先生對我們所做的演技指導。順帶一提，這個杯子是國寶級的精品。

註1　新郎新娘用三個杯子輪喝九番的傳統婚禮儀式。

杯子的底色是黑色，裡面飾有浮雕的飛龍和銀白色的瀑布，形成「祥龍飛升」的構圖。我對工藝沒有研究，但還是知道這是用漆雕和螺鈿的傳統技藝製作的。

銀白瀑布從中央向杯緣延伸，把嘴貼上瀑布喝酒時，看起來就像有一條龍從口中飛出。杯子的正面應該是瀑布那邊，那我接過來時卻是反方向，但我又不能像茶道那樣旋轉杯子，只好從這一邊喝。

飛龍的浮雕很有立體感，看起來栩栩如生，非常精緻，但是靠近瀑布的尾部像水庫一樣積了一個小水窪，那個地方很容易藏汙納垢，想必很不好洗。

我喝過之後，就放下杯子，站了起來。接下來要喝的是新郎父親，但我們的位置離得很遠，還得大老遠地把杯子端過去。這順序安排得太不合理了。

走過去的途中，我的腳步顛簸了一下，差點把酒灑出來，我急忙按住杯子維持平衡，等酒不搖了，再小心翼翼地繼續走。到了新郎父親面前，我先端正跪坐，再像剛才一樣正面遞出酒杯，然後回到自己的座位。

第一個拿杯子的是新郎，再來是我，接著依序是北側的新郎父親、母親、大妹、小妹，再拿到南側給我的父親、姑姑。

沒錯，我的父親「排在新郎的小妹之後」。

這也是自古流傳下來的習俗嗎？或是還有其他含意？去問儀式的負責人或許會得到答案，但我擔心會惹出事端，所以不敢多問。

但俵屋家確實看不起我們家，只要看正造先生自作主張地決定了婚禮所有細節、又不由分說地要我的姑姑換一套和服就知道了。後來發生的那件事，更是清楚地說明了一切。

杯子傳到新郎小妹絹亞的手上，這時發生了小小的意外，一隻白色小型犬從下座的緣廊衝進來。

「小麥！」

還在上座的雙葉愣了一下才慌張地喊道。狗或許是自己溜出狗籠的吧，牠迅速衝向絹亞面前的杯子，雙葉急忙跑過去，擋在狗和杯子之間。

絹亞戲謔地笑了笑。

「沒關係啦，雙葉……你也想喝嗎？」

說完之後，她叫雙葉退開，主動把杯子捧向狗。

狗開心地一頭鑽進杯中，連項圈的鈴鐺都泡了進去，搖著尾巴大喝特喝。「不行啦！」雙葉生氣地罵道，抓起狗來，抱到走廊上，交給婚顧小姐。「啊，和服……」愛美珂喃喃說道。

我不禁愕然。接下來小妹拿著杯子站起來，端到我父親的面前。

「請。」

她跪坐在我父親前方，笑咪咪地遞出杯子。

我整個人都愣住了。

所有人的視線都集中在我父親身上，父親僵了一下，立刻陪著笑臉接過杯子。

「謝謝。」

說完之後，他就舉起酒杯仰頭大喝。

我啞然無語地看著他的舉止，完全不理解發生了什麼事。

不會吧。那……是狗耶……

是狗喝過的酒耶……

父親咕嚕咕嚕地喝了很久。我看著這幅光景，眼角不知不覺地又浮現出淚光。怎麼可以……你怎麼可以喝呢？

這種時候應該堂堂正正地拒絕才對吧！

我不甘心得模糊了視線。為什麼這個人會如此卑躬屈膝呢？對方的地位確實比較高，我們家確實欠了不少錢，家裡的小工廠確實是因為他們才支撐得下去，俵屋家確實是拯救我們免於破產的恩人。

但最重要的理由應該是這個人已經放棄了。

他放棄了自己，放棄了受人輕視的自己。他曾經是個威風凜凜的父親，但是自從工廠被俵屋家併購之後，他就失去了往日雄風。扼殺他的並非別人，而是他自己。世間冷暖深深地打擊了他，把他塑造成這麼軟弱無力、連這點小小的惡意都不敢抵抗的懦夫。我不甘心，看到自己的父親是這樣的人，我真的好不甘心。

然後，我也看不起自己。

在這個時候，我第一次清楚地意識到自己的心情。

我不要。

我不想要這麼不幸的婚姻。

＊＊＊

冒出這個念頭不久之後……

合飲結束，雙葉又把酒器端回上座北側的小房間，下座的老人此時唱起了古謠，新郎父親和新郎都站起來跳舞。

開心地跳了一陣子，新郎父子倆相繼跌倒。

「哈哈，舅舅喝得太多了……」

下座有人笑著站起來。那好像是……新郎的表哥吧。他走到跌倒的新郎父親旁邊，彎著上身，像是在觀察情況。

然後他失聲叫道：

「舅舅！」

父子倆的身體開始抽搐，下一瞬間，我的右前方傳來東西倒下的聲音。

……是我的父親。

廳堂裡頓時鴉雀無聲，接著有人發出尖叫。緣廊的紙門被人關上，有人吼著「快叫救護車！」。新郎父親劇烈地嘔吐，刺鼻的異臭充滿了整個大廳。

我用手遮著嘴，一句話都說不出來。怎麼可能？為什麼？怎麼會發生這種事……

＊＊＊

在醫院的等待室裡，我突然感到腳尖有點冷。

怎麼回事？脫下拖鞋一看，左腳足袋的腳背和底下都溼了。

有一股淡淡的酒味。我是在哪裡踩到酒了嗎？可是拖鞋並沒有溼，宅邸內也打掃得很乾淨。

我努力回想著先前的事。事情發生之後，我在「月之廳」將夏季外褂披在白無垢外面，從後門穿上橡膠拖鞋，衝上救護車，然後來到了醫院。

我不記得還去過其他地方，這究竟是怎麼來的呢？我俯身仔細觀察，發現變溼的部分呈現粉紅色。難道是血？我伸出手指，戰戰兢兢地摸一摸那裡。

有片薄薄的東西從腳背上掉了下來。

我撿起來一看，十分訝異。

那是粉紅色的夾竹桃花瓣。

為什麼我的足袋上會黏著這種東西？走廊突然傳來一陣吵雜的腳步聲，新郎的小妹從轉角跑過來。

「爸爸他們……不行了……」

她說完就哭了起來。我呆滯地看著她，在腦中反芻著這句話的意思，悄悄地握緊花瓣。

和美小姐……

是妳做的嗎……？

第四章

結婚典禮的隔天早上。我回到俵屋家的宅邸，站在房間緣廊呆呆地望著庭園，一位美女穿過夾竹桃的樹叢朝我走來。

「瀨那小姐，妳來一下。」

她在外面向我招手。那是我結婚對象的大妹愛美珂，年齡在二十五歲上下，和我差不多，曾經當過讀者模特兒。她此時已換下和服，穿著輕便的條紋無袖背心和短褲。她裸露的手腳如雪一般白。大概是母親遺傳的吧，俵屋家母女三人的皮膚都很白皙。

「……有什麼事嗎？」

「別問那麼多，來就是了。」

愛美珂說完之後也不等我回答，就轉身走掉。我先走回房內，確認箱子還用鋼纜鎖綁在柱子上，才到緣廊邊穿上涼鞋，匆匆地追上她。

我跟著愛美珂走到庭院。

我們兩人一路上都沒有開口。經過大廳堂時，我看到裡面有幾位穿制服的警察，不禁疑惑地想著「這是怎麼回事？」，但愛美珂的身上散發著一股不容我發問的氣氛。昨天那件事果然不單純嗎？

最後我們到達了離館。一走進去，我就發現充滿異國風情的客廳裡已經有人等著了，包括新郎的母親和小妹，新郎表哥和他的父母，我的姑姑也在客廳的角落。

加上我和愛美珂，現場共有八人。每個人都是今天早上才剛從醫院回來的。

客廳裡擺放著豪華家具，有貓腳桌、暖爐、平臺鋼琴、半六角形的廣角窗……

窗外是一片開著白花的夾竹桃。

這是個舒適的地方，所以俵屋家的人平時都不住在主屋，而是住在離館。不過我的房間是在主屋的一角。

穿著家居服的只有我和新郎的兩個妹妹，其他人還是穿著禮服。表哥一家人和我的姑姑沒辦法換衣服，新郎母親大概是顧慮到他們才不換裝吧。其他親戚應該都離開了。

因此，在這群人之中，穿著紅色運動服的小妹特別顯眼。她已經是大學生了，但因身材嬌小，又穿著運動服，看起來好像是國高中生。她不像姊姊一樣化濃妝，只化了清純的淡妝，留著一頭黑髮，但她的個性也不好相處。

我一邊想著這些事，一邊頻頻打量在場的眾人，然後發現每個人都盯著我看。

……怎麼了？

我愕然地望向眾人。愛美珂離開我身邊，走向廣角窗，拿起窗邊櫃子上的銅馬擺飾，轉過頭來。

「我說瀨那小姐……」

她把玩著銅馬說道。

「妳好像都沒有哭吧？」

我吃驚地張著嘴。

「呃……」

「妳還真是冷靜，廣翔都死了耶。難道是打擊太大，想哭也哭不出來嗎？不過妳剛剛在房間也輕鬆自在地吃了珠代今天早上從便利商店買來的飯糰吧？」

她說的廣翔就是我的結婚對象俵屋廣翔。珠代是他們家的幫傭婦，年齡大約三十出頭，有一頭褐色的頭髮，沉默寡言，個性穩重。她雖是幫傭婦，廚藝卻很差，端出來的餐點經常是外面買來的現成熟菜，今天早上的飯糰也是在便利商店買的。

聽到愛美珂的指責，我難堪地低下頭去。

「我……」

「嗯？」

「我本來就不太會哭……」

「不會哭？什麼意思？妳是說妳沒有正常人的感情嗎？」

愛美珂歪著頭，拿著銅馬走過來，像是在觀察我的表情。

「既然妳是沒有感情的人，為什麼要結婚？」

我不知道該怎麼回答。

愛美珂專注地盯著我看，然後笑了出來，從短褲的口袋裡掏出一包菸，拿起一根啣在嘴裡，用手指撥弄著銅馬。

喀的一聲，馬背上冒出火苗。原來那是個打火機。

「算了，這個就先不管了。瀨那小姐，妳聽說了嗎？」

「什麼？」

「廣翔他們的死因。」

「不，還沒。」

「喔？我還以為妳一定急著想要知道呢。那要不要我告訴妳啊，瀨那小姐？」

「好的，麻煩妳。」

「……是『砒霜中毒』。」

我渾身猛然一震。

砒霜……中毒？

「……很驚人吧。砒霜不是毒藥嗎？那不是常被拿來下毒的東西嗎？為什麼爸爸和廣翔會被這種東西害死呢？一定是……」

後面突然有人抓住我的肩膀。

「……一定是有人下毒吧？妳說呢，瀨那小姐？」

我吃驚地回頭，看到比我矮一顆頭的小妹絹亞用冤魂般的憤恨目光仰望著我。

這個時候……

我遲緩的腦袋終於開始運作了。

「呃，那個……」

「聽起來真可怕，對吧？我聽醫生說起的時候也嚇了一大跳呢。瀨那小姐剛才有看到警察在現場蒐證吧？午後他們就要正式問案，所以我們得先做好準備。」

「那個，我……沒想到這會是凶殺案……」

「不是凶殺案還會是什麼？意外？酒精中毒？不可能的，那麼愛喝酒的爸爸才不可能喝一點酒就死了。對了，瀨那小姐，我們回到剛才的話題吧。妳說妳是沒有感情的人，那為什麼要和廣翔結婚呢？妳的目的是什麼？」

「我、我……」

「妳應該不愛他吧？因為妳又沒有感情。是廣翔逼妳的嗎？那傢伙是個花花公子，確實做得出這種事……不過妳既然願意結婚，應該多多少少對他有一點感情，至少也該流個幾滴淚吧？可是妳卻連哭都不哭……一定是那樣吧？瀨那小姐，妳是為了我們家的財產而結婚的吧？」

我再次為之語塞。

「不是的，我絕對……」

「好啦，瀨那小姐，都到這個地步了，我們就打開天窗說亮話吧。」

愛美珂露齒而笑。

「老實說，連我都不喜歡廣翔……而且妳家欠了我爸爸的公司很多錢吧？他一定是拿這件事來威脅妳吧？那傢伙就是這麼卑鄙的男人。」

「等……等一下，難道妳是在懷疑我嗎？妳以為我為了財產而殺了他們？」

「我還沒說到那裡呢。」

「還沒說到……意思就是妳的心中已經在懷疑我是凶手嗎？怎麼可能……連我的父親也死了耶，妳怎麼能……」

「那妳真是太厲害了。」

背後再次傳來絹亞的聲音，就像貼在我的耳邊。

「弒親逆女。」

聽到這句可怕的發言，我頓時全身僵硬。

呼的一聲，愛美珂用鼻子長長地呼出白煙。

「瀨那小姐，我可不會無憑無據地懷疑別人。爸爸在暗地裡做過不少壞事，想殺他的大有人在……但問題是『來源』。」

「來源？」

「是啊，凶手用來毒死爸爸他們的毒藥的來源。」

白煙在愛美珂面前如蛇一般靈動捲曲。

「砒霜可不是隨隨便便就能買到喔，去居家百貨買還要出示身分證。不過，我們家裡也有這種東西，外面的倉庫裡就放了用來毒老鼠的砒霜。妳看嘛，這棟宅子不是很舊嗎？這裡本來是武士的宅邸，後來被哪個富商的子孫買下，然後又轉賣到我們手上，倉庫也是那時附贈的。不過，倉庫裡的砒霜還沒拆封，所以不可能被用來下毒。」

愛美珂的語氣很平淡，但我越聽臉色越蒼白。怎麼會……難道這對姊妹已經知道「那件事」了……

我真是大笨蛋……

愛美珂走向鋼琴旁邊的桌子，在桌上的菸灰缸裡把菸按熄，然後環抱雙臂，轉身對著我。

「瀨那小姐……我要提一件不相干的事。我記得妳的房間有個很大的行李箱，對吧？可以打開讓我們看看嗎？」

＊　＊　＊

我把行李箱放在她們面前，同時感到自己的臉已經血色盡失。

茶色的皮革行李箱上掛著三碼的密碼鎖。我在外國電影裡看過英國少女推著這種行李箱旅行，覺得很羨慕，所以也去買了。

當初買這行李箱當然是為了旅行，如今裡面放的卻是……

「……不好意思，我想多半只是誤會吧。」

愛美珂眨著一隻眼睛，雙手合十，虛情假意地朝我鞠躬致歉。

「但是絹亞很肯定地說裡面『有那個』，她說她從庭院看到瀨那小姐從這個箱子裡拿出一個貼著『砒霜』標籤的小瓶子，她是用望遠鏡看到的，所以絕對錯不了……不過偷窺也是犯法行為呢……」

如果早點丟掉就好了。反正我又沒有勇氣使用，為什麼不早點丟掉呢？

我跪坐在地上，摸著皮箱，嘴脣顫抖，渾身僵硬。愛美珂用腳尖輕踢著箱子說：

「怎麼了，瀨那小姐？快點打開啊。」

「不是的，不是的，這個是……」

「啊？不是？這個不是瀨那小姐的行李箱嗎？」

「呃，這是我的行李箱沒錯，可是裡面放的是……」

「胃藥嗎？還是頭痛藥？沒關係啦，小瓶子裡放的是什麼都無所謂，只要確定是絹亞看錯就行了。總之妳快點打開給我們看啊。」

「對不起。不是的，這個是……」

「『對不起』？妳是在向誰道歉？為什麼道歉？沒關係沒關係，我們硬要妳打開箱子，該道歉的是我們才對。難道裡面放了內衣之類的東西嗎？既然如此……喂，男士們！可以請你們轉過去嗎？這裡面放的是女人的祕密喔！」

我哭著撲在皮箱上，後面卻有人抓著我的肩膀，把我拉開。絹亞揪住我的瀏海，把臉湊近，幾乎貼上我的鼻尖，那張偶像明星般的白皙小臉像流氓一樣凶惡地威脅我說：

「快打開。」

又重複了一次。

「快打開！」

我一邊哽咽，一邊把顫抖的手指伸向密碼鎖。

轉出三個號碼後，密碼鎖發出喀的一聲。絹亞推開我，打開箱子，裡面的東西都露出來了，包括用橡皮筋固定的幾個小玻璃瓶、成束的植物根葉、果實，還有……

名稱有著「毒」字的幾本書籍。

「姊姊，就是這個。」

妹妹把幾個瓶子拿給姊姊。愛美珂默默地將銅馬打火機放在地上，把瓶子一個個舉到眼前。

然後朝我投來冷冷的目光……

突然間，她抓住我的頭髮，把我的臉撞在地上。

「絹亞，去叫警察過來。」

這一撞幾乎把我撞昏。

有些液體流到我的下巴，不知道是鼻水還是鼻血。我在扭曲的視野中看見小妹走向門口，就拚命地朝她的背影伸出手。

不是的。

不是的。那些是……

要用來自殺的。

門關上了。我無力地垂下手臂。怎麼辦？我被當成凶手了嗎？再這樣下去，我就會蒙上殺人的不白之冤嗎？

我記得在哪本書上看過，可以依照不純成分來分辨不同的砒霜。只要警方分析了受害者身上的砒霜，發現和我帶的成分不一致的話……可是，會不會是誰偷用了我的砒霜呢？不，搞不好在那之前就會被懷疑我已經換掉了瓶中的東西……

沒救了。我怎麼想都覺得嫌疑最大的就是自己。因為我真的不愛結婚的對象，我不想結婚也是事實，他確實用債務來威脅我，我也無法否認我很怨恨逼我接受這種人生的父親。

事實上，看到這三個人死了……我確實「很慶幸」。

而且，我前天還去祭拜過「和美小姐」。如果有人提供目擊證詞——至少那輛車上的人都看到了——我再怎麼辯解也沒用了。我既有凶器又有動機，事實都擺在眼前了，我哪裡還有辦法辯駁？

我的意志是如此軟弱……

和美小姐……

此時，一個開朗的童聲鑽進我的耳中。

「哎呀，且慢！諸位稍安勿躁！稍安勿躁！」

＊＊＊

那是一個小男孩。

他看起來應該還是個小學生，穿著紫色的無袖帽T、及膝的短褲，背著附提把的背包，頭髮翹得亂七八糟。

這個男孩站在敞開的門外，伸出一隻手，擺出歌舞伎般的姿勢。

「……你是誰啊？」

過了一陣子，愛美珂才問道。

男孩維持著那個姿勢，笑著說：

「我叫八星聯，是個偵探。剛才那些話我全聽到了，但衝動是會壞事的，大家先冷靜下來，想想這件事的經過……」

愛美珂拖著腳步走向男孩，一把抓住他的頭。

「珠代！妳在幹什麼啊？有可疑人物跑進來了耶！」

「等、等一下，別這樣……我不是可疑人物啦……好痛、好痛！快放手！」

絹亞、三十幾歲的褐髮女人，還有一個像是國中生的女孩，相繼從走廊進來。褐髮女人就是幫傭婦珠代，女孩則是雙葉，她現在穿著便服，臉已經哭得有些浮腫，手上緊握著一條項圈。

愛美珂用威嚴十足的語氣教訓著比她年長的幫傭婦。

「珠代，我不是叫妳不要讓任何人進入離館嗎？妳真是什麼都做不好，剛才還把翠生表哥當成不相干的人擋在外面。」

「……對不起，大小姐，可是這些小學生……」

「等一下！先等一下！聽我說完啦！」

「愛美珂小姐，突然跑進來真是抱歉，不過是我拜託她的。我不是故意在外面偷聽的……還有，珠代阿姨，我是國中生，不是小學生。」

「喔喔，這個男孩是雙葉的朋友嗎？那就算了。對了，雙葉，妳是來領取小麥的遺體嗎？不好意思，警察已經……」

「是的，我聽警察叔叔說過他們還要調查小麥的死因，所以我只是來這裡拿項圈……不過珠代阿姨一直不肯相信我是小麥的主人雙葉……」

「就說妳沒用嘛！珠代！」

男孩在愛美珂的手中掙扎，好不容易掙脫，他的一頭亂髮變得更亂，呼呼地喘氣。

「各位……你們這麼想要『變成共犯』嗎？」

他彎下身子用力大吼，所有人都呆住了。共犯？

男孩做了個深呼吸，用手背抹抹嘴。

「……你們聽好了，如果把這位新娘拉去警局，你們自己也沒辦法全身而退喔。因為這件罪行『靠新娘一個人是不可能做到的』。」

他突然換了一種成熟的語氣。

「請回想一下輪流喝酒的順序。那個杯子是怎麼傳的？從頭算起是：**新郎**、新娘、**新郎父親**、新郎母親、新郎大妹、新郎小妹、**新娘父親**、新娘姑姑……也就是說，三位受害者之間都隔著『你們其中的某人』。

所以，如果新娘只是把砒霜放進酒裡，『你們應該也會中毒』，可是你們現在都活得好好的。這是為什麼呢？最容易想到的解釋就是……」

男孩圓圓的眼睛變得如老鷹一樣銳利。

「『所有人都是共犯』。你們喝酒時只是做做樣子，沒有真的喝下去。」

眾人再次愣然無語。

過了好一陣子，愛美珂才開口說：

「……喔？你是在玩偵探家家酒嗎？我說你啊，如果只是遊戲就算了，但是千萬別在受害者家屬面前玩，會被打喔。」

「姊姊，我看過這類的卡通，叫作名偵探柯南。」

「……我又不是吃了藥才變成小孩的。」

男孩退開幾步，像是要跟愛美珂保持距離，然後說：

「先別管我的年紀，重點是『警方看到這種情況會怎麼想』。光從現場狀況來看，這件事是超乎常理的『跳號毒殺』，若是沒有解開這個詭計，警方會想到的鐵定是『**全員共犯論**』。

用不著提到轟動全國的『名張毒葡萄酒事件』，大家也知道毒殺事件不容易蒐證，很容易變成冤案。而且請恕我直言，俵屋家的風評也好不到哪裡去，警方很有可能先入為主地認定你們有嫌疑。

所以各位打算怎麼做呢？要不要趁著午後問案之前先把案情討論一遍，好好地準備該怎麼回答啊？」

沉默再次蔓延。因為剛剛被撞在地上，我的鼻子越來越痛了。

「……無所謂吧，愛美珂？」

客廳角落傳來男人的聲音。

「還沒搞清楚這個少年的來意讓我有些在意，不過他說的確實有道理，我也覺得這整件事都很離奇。」

靠在牆邊把玩著手機的男人頭也不抬地說。他是我結婚對象的表哥橘翠生，年紀大約三十出頭，是個很適合穿傳統禮服的男人。

愛美珂瞄了表哥一眼，換上一副截然不同的表情，用手指捲著頭髮說：

「既然翠生表哥都這麼說了……」

男孩環視眾人一圈，點頭說：

「大家都沒有異議的樣子，感謝各位的協助。那麼……看來得在這個鎮上留久一點了，不好意思啊，扶琳小姐。」

我不由得發出「啊！」的一聲驚呼。

半開的門後出現一位高眺的女人。

她的身材豐腴，比例均勻，黑髮隨興盤起，穿著黑色小背心和七分牛仔褲。她雖然打扮簡單，但頭上的飛行員墨鏡和戴在身上幾處的高級首飾卻散發著好萊塢女明星般的氣質。

我記得這個人……

她就是我前天在山路上看到的，坐在車內的大美女。

第五章

聽到自己的名字被叫到，扶琳在門後嘖了一聲。

這小鬼又在惹麻煩了，真是個瘟神。早知道會這樣就不該給他吃安眠藥，而是該直接下毒，讓他在醫院裡躺個幾天……扶琳如此想著，但現在已經後悔莫及了。

事情的經過是這樣的……

＊＊＊

昨天案發之後，山崎很擔心女兒，就去俵屋家接她。扶琳在宅邸門前等待時，背後突然有人抓住她的衣襬。

「終於……找到妳了，扶琳小姐……」

回頭一看，竟然是八星。扶琳有點驚恐，沒想到這個小鬼還是陰魂不散。

她擺出架式，正想使出一記肘擊，突然發現這小鬼眼角含淚，像一隻和媽媽走散的小鹿一樣可憐兮兮的。如果她對這樣的小孩動手一定會遭人側目。扶琳嘆了一口氣，露出放棄的表情收回架式。

「……你是怎麼找到這裡的？」

「我知道妳在新幹線的哪一站下車，因為妳買票的時候我在旁邊的隊伍裡看到了……所以我先到那一站，用最笨的方法到處問人有沒有看到『一位像好萊塢女明星的高眺中國美女』……

我提到要抓獨角仙時妳並沒有反駁，所以我猜妳的目的地不是都市，而是山裡。到了最後一條民營鐵路，我聽站務員說妳看著快車開走，搭上每站都停的慢車，可見妳去的一定不是大站，然後……」

他真是把偵探的能力發揮得淋漓盡致。扶琳無奈地搖頭，在口袋裡摸索，拿出一顆香草喉糖，拉起八星的手腕，把糖丟到他的掌心。

「虧你有辦法找到我，這個糖果就當作是獎品吧。我正準備離開，你就快快樂樂地自己去抓獨角仙吧。對了，這裡有一間祭祀『和美小姐』的祠廟，是很少人知道的祕密景點，你可以參考看看。」

扶琳正要轉身離開，八星卻抱住了她的腰。

「拜託妳，扶琳小姐，別丟下我一個人。」

這是什麼臺詞？

「別說這麼噁心的話。你怎麼了？開始想家了嗎？」

「是的。承認這件事很丟臉，但妳說得沒錯。沒想到在陌生的地方露宿會那麼寂寞……」

「你昨晚露宿了嗎？為什麼不去住旅館？」

「小學生跑去住旅館一定會有警察來關切的，而且我也沒錢。」

「你沒帶住宿費嗎？」

「為了找到妳，我把錢都花光了。」

扶琳皺著眉望著這孩子，然後拿出錢包，抽出幾張萬圓鈔遞給他。

「……這是？」

「回程的交通費和住宿費。我要去溫泉旅館住一晚，然後就回去了，你想跟來的話，我不會阻止你的。」

「咦？這是要給我的嗎？可是……」

「誰要給你啊，當然是借的。看在認識的分上，我只收你法定範圍內的利息。」

八星本來臉色發亮，一聽到是借的，就拿著萬圓鈔猶豫地思索。

「我好像應該慶幸，又好像不該答應……要怎麼辦呢？我不敢跟媽媽說我跟人借了這麼多錢，今年的壓歲錢也都花光了……啊，對了！」

八星露出笑容，拍了一下手。

「扶琳小姐，我想到一個好主意，這些錢不要當成是我借的，而是加進師父的債務，怎麼樣？反正他都借了上億元，這區區幾萬只不過是零頭。」

扶琳還愣然地張著嘴，八星已經拿出手機打字，沒多久便傳出訊息通知聲。

「……妳看，師父也同意了。」

他得意洋洋地展示著手機螢幕。看來這小鬼是傳簡訊給以前的師父——藍髮偵探，拜託他答應把這筆錢加進他的債務。

回覆只有短短一句「無所謂」。

她確實已經給了那個偵探一億圓以上的融資……扶琳懶得多說，就嘆了口氣，不耐煩地點點頭。八星立刻大聲歡呼，興奮地又叫又跳，像個拿到了零用錢的孩子。

這場協商對自己有沒有好處呢……扶琳也不確定這究竟是利還是弊，卻有一種不祥的預感。

「久等了，李小姐……咦？妳認識這孩子嗎？」

這句話從近處傳來。山崎帶著女兒回來了。雙葉現在穿著便服，被母親摟著，哭得像是世界末日要到了。

「不，只是個可憐的走失兒童。妳女兒還好吧？」

「她一定嚇壞了，畢竟她親眼看到有人死了，而且小麥也……」

「妳說狗嗎？狗怎麼了？」

「好像是喝了酒就死掉了。這還真是奇怪，我們也給小麥喝過幾次酒，牠怎麼會只喝這麼一點酒就死了……」

這時八星停止了跳躍。

他慢慢轉過頭來，寬額頭之下的聰慧眼睛看著這邊。孩子氣的表情瞬間從他的臉上消失，那成熟的眼神裡甚至帶著一股威嚴。

「……關於這件事，可以請妳詳細地說一遍嗎？」

八星顯然對這件事很感興趣，令扶琳十分頭痛。基於種種原因，當晚她和八星都住在雙葉的家中，隔天早晨又陪這位少女一起去俵屋家拿狗的遺物。在離館拿到項圈，正要回去時，少女聽到了客廳裡的騷動，不知道是出自怎樣的博愛精神，她向八星請求「幫幫那位新娘吧」……

＊＊＊

結果就演變成這種情況了。

既然被點到名，再躲也沒用了，扶琳只好從門後走出來，頓時感到眾人的目光如荊棘一般圍繞在她身上。

不知為何拿著一隻銅馬的女人皺起濃妝的眉頭。

「……妳是誰？是這個孩子的母親嗎？」

扶琳強忍著用菸管插她眼睛的衝動。

「只是個路人。跟我一起來的人好像給你們添麻煩了呢，這孩子看太多卡通了，所以很喜歡玩偵探遊戲，我現在就帶他回去，你們別在意，請繼續吧……」

「說什麼共犯……」

旁邊傳來細微的聲音。穿著黑色短袖襬和服的女人坐在鋼琴椅上，面對著這邊。

扶琳不悅地咂了舌。

「說這種話實在太過分了，難道我會殺自己的丈夫和孩子嗎？」

那是新郎的母親。扶琳想起昨晚和八星等人的對話，這人的名字好像叫作紀紗子。她是個纖瘦的白皙美人，散亂的頭髮和垮下的衣襟透出一種異樣的魅力。她和兩個強悍的女兒不一樣，看起來弱不禁風。是用楚楚可憐來吸引男人的類型嗎？

八星搖頭說：

「我很抱歉，但是謀殺自家人是常有的事。」

「可是……那砒霜又不一定是放在酒裡……」

「砒霜引起的急性中毒，快一點的話十分鐘就會發作，最慢也不會超過一個小時。案發前的三小時正在進行送親遊行，我剛才也跟幫傭婦確認過了，三位受害者在那段時間都沒有吃東西，妳一定也很清楚。

換句話說，受害者在合飲之後才有機會吃下砒霜。利用膠囊可以延緩發作的時間，不過市面販售的膠囊只要幾分鐘到幾十分鐘就會溶解，溶解所需的時間又因人而異，不可能三個人同時發作。

再說婚禮的時間表『提前了一個小時』，就算準備了特別的膠囊，時間也不可能算得那麼剛好。」

八星一口氣說完。新郎母親聽得張口結舌，大概是沒辦法把這孩子的外表和這段對話的內容連結起來吧。

在眾人的疑惑中，八星邁步走到新娘的皮箱旁，蹲下來，隔著手帕拿起其中一個小瓶子，舉到燈光下觀察。

「這砒霜……主要成分是三氧化二砷，水溶液稱為亞砷酸。成年男人的致死量是一百至三百毫克，這東西無味無臭，在水裡的溶解速度不快，會留下些微的沉積物。對了，新娘小姐，這砒霜一直都是這個分量嗎？」

「不……減少了一些……」

「是嗎？意思就是有被用過了吧？用來殺人的砒霜是不是這個，等警方分析過後才會知道……

不過現在假設太多只會讓事情更混亂，所以我先當作這就是殺人用的砒霜吧。」

八星把瓶子放回去，環視著眾人說：

「我想請教各位，你們『在事前就知道新娘帶著砒霜』嗎？」

眾人都沒有反應，過了一陣子，拿著銅馬的女人——應該是新郎的大妹愛美珂——開口回答：

「至少我們全家人和幫傭婦珠代都知道，因為絹亞私底下到處講。至於有沒有人去告訴爸爸他們就不知道了。」

「絹亞小姐是什麼時候知道的呢？」

「大概是……一週前。是吧，絹亞？」

「嗯。就是新娘搬過來住的當晚……等一下，你該不會是懷疑我偷了砒霜吧？」

嬌小的小妹露出了要吃人的表情逼近八星，八星像是被狗吠了，嚇得渾身一抖，但表情還是一樣鎮定。

「……沒有，我只是在討論可能性罷了。不過既然是這樣，假設的範圍確實會擴大，『某人偷了新娘的砒霜』也是有可能的。

我覺得這件事有兩個重點。

第一，要怎麼拿到新娘的砒霜？

第二，要怎麼用『跳號』的方式殺死三位受害者和一隻狗？

關於第一點，也可能是先用其他的砒霜，之後再把這砒霜和新娘的砒霜掉包。此外還有幾點疑問，譬如為什麼要殺這三個人？為什麼還在這種場合？不過我們目前還是先處理那兩點吧。

警方分析過後，或許會在杯子或其他地方找到新的砒霜痕跡，但是拖到那個時候我們就沒時間做好準備了，再說這是預謀犯罪，凶手應該不會粗心大意地留下證據。總而言之，我想借用大家的力量，根據現有的資訊來整理一下這兩個重點。你們覺得如何？」

沒有一個人開口。大概全都被八星這段清晰又合理的論點折服了吧。

小鬼頭把這反應當成默許，繼續說下去：

「感謝各位。那就先從第一點『拿到砒霜的方法』開始……」

他一邊說，一邊背著手在室內踱步。

小男孩像個在大學授課的老教授，慢慢地繞著客廳走。

＊＊＊

「首先要確認的是……」

他面對牆壁，豎起一根手指。

「在案發當天，誰有機會偷走新娘的砒霜？」

「不可能的。」

小妹——和姊姊同樣白皙，穿著紅色運動服的嬌小黑髮女孩——絹亞回答說。

「因為有『七夜考』的緣故，新娘一週前就住進我家，之後一直關在自己的房間裡。這是為什麼呢？她這麼不想看到我們嗎？無所謂，反正我們也很忙，才沒空去理她。

不過她對那個箱子真的保護得很周密，不只上了密碼鎖，還用鋼纜鎖扣在柱子上，搞得我非常好奇，不知道她為什麼把那個箱子看得那麼緊，就忍不住……」

「就忍不住偷看了，對吧？還從庭院的夾竹桃樹叢後拿望遠鏡偷看。妳嘴上說沒空理她，其實還是有空觀察嘛。

這事就先不管了。新娘小姐，妳這麼小心看管皮箱的理由是什麼？」

被八星這麼一問，新娘低頭不語，過了一會兒才說：

「……有……」

「有？」

「因為……裡面……有毒藥……」

她用細若蚊鳴的聲音回答。八星鼓勵般地點點頭。

「是啊，裡面確實有不少東西。我剛才隨便一看，除了砒霜之外，還有農藥和鉈之類的劇毒、顛茄和毛地黃之類的植物毒、會引起食物中毒的菇菌類，甚至還有毒性很高的生物毒素……我先不問這些東西是怎麼弄來的，但我很想知道，妳為什麼帶著這麼多毒藥？」

「這是……」

新娘顫聲說道。

「要用來自殺的……」

絹亞一聽就橫眉豎目地說：

「自殺？少騙人了，自殺需要這麼多種毒藥嗎？再說，要自殺的人又怎麼會結婚？難道妳寧願死都不想和我們家的廣哥結婚嗎？妳打算用自殺來抗議嗎？」

「冷靜點，絹亞。」

姊姊走到妹妹身邊，按著她的肩膀。

「妳說錯了，不是『寧願死』……而是『寧願殺人』。」

現場氣氛頓時變得像雪國一樣冰冷。

八星咳了一聲，把話題拉回來。
「不過妳也不可能二十四小時都盯著皮箱吧，像是吃飯、上廁所、洗澡的時候……」
「吃飯的時候珠代會送飯到我的房間，洗手間就在我的房門外……而且洗澡時我也會把皮箱拿進更衣所……」
「這……做得還真徹底。所以妳來到這裡以後，皮箱從來沒有離開過妳的視線範圍嗎？」
「是的。啊，不對……」
新娘欲言又止。
「婚禮的前一天……我出去過一次，皮箱留在房間裡……」
「出去？」
新娘陷入沉默。
「……她有對我們說過要回家一趟。」
愛美珂補充說道。扶琳這時才想起來曾經在和美小姐的祠廟旁見過她。
「這樣啊。妳去了哪裡不重要，但我有些好奇，妳平時都把皮箱看得很緊，為什麼只有那時……」
「因為那時家裡一個人都沒有。」
「家裡一個人都沒有？」

八星用詢問的眼神望著俵屋家姊妹倆，愛美珂一臉不耐地回答：

「喔喔，妳說前天啊。上午是婚禮彩排，午後全家人都跑光了。」

「跑光了？不好意思，可以麻煩妳敘述一下上午和午後的詳細情況嗎……」

愛美珂臭著臉從口袋掏出香菸，叼在嘴上，舉起手上的銅馬靠近菸頭，動了動手指，馬背上就冒出了火苗。原來那是打火機？

「我想想……前天的彩排是從上午九點開始的。參加的人有我們一家人、雙葉，還有電視臺的工作人員……」

愛美珂一開始說，八星就急忙放下背包，拿出筆記本和鉛筆盒，趴在地上詳細地做起筆記。最後還用尺畫線，做成整齊的表格。

【前一天的行動】

午前		
9:00	婚禮彩排	正造（新郎父親）打開儲藏室的門鎖，珠代（幫傭婦）拿出酒器開始準備。 彩排開始——上午九點之前所有人在大廳堂集合。但倒數第二個來的愛美珂（新郎大妹）稍微遲到了一下，瀨那（新娘）最晚來。
10:00		彩排結束——瀨那第一個離開大廳堂，回到房間。 珠代洗好酒器，放回儲藏室，正造又將儲藏室鎖上。 婚顧小姐和電視臺的三位工作人員離開宅邸。 一平（新娘父親）和時子（新娘姑姑）離開宅邸。

	午後			
11:00	12:00	13:00	14:00	18:00
午餐	俵屋家外出	新娘外出		
各自用餐——瀨那在自己房間吃，正造和廣翔吃便當，紀紗子（新郎母親）只喝水，愛美珂吃比薩，絹亞（新郎小妹）沒吃。	愛美珂出門。（和朋友去唱卡拉OK） 珠代收拾完廚房便離開宅邸。 雙葉（斟酒員）離開宅邸。 廣翔、正造出門。（各自和朋友喝酒） 紀紗子出門。（去健身房） 絹亞出門。（和男友約會）	瀨那出門。（回自己家？）	愛美珂提早回家。（身體不適） 紀紗子提早回家。（上課遲到） 絹亞提早回家。（和男友吵架）	瀨那回家。
	※人物附註 和田瀨那：新娘 和田一平：新娘父親 和田時子：新娘姑姑 俵屋廣翔：新郎 俵屋正造：新郎父親 俵屋紀紗子：新郎母親 俵屋愛美珂：新郎大妹 俵屋絹亞：新郎小妹 山崎雙葉：伴娘／斟酒員 室伏珠代：幫傭婦 （此外還有一位婚禮顧問小姐、三位電視臺工作人員。）			

※正造和廣翔隔天早上才回家，珠代下一次上班時間是婚禮當天早上。

絹亞看到表格就說「哇……這孩子很會做筆記耶」。她幹麼在這種無關緊要的事上做反應？

「……那我確認一下，前天出現在屋內的包括了參加合飲的新郎、新娘、新郎的父母和妹妹們、新娘的父親和姑姑、雙葉，還有幫傭婦和三位電視臺工作人員、一位婚顧小姐，總共十四人。

彩排從上午九點開始，十點結束。十一點吃過午餐之後，俵屋家的人就陸陸續續出門了，過了下午一點，新娘也出門了，家裡一個人都不剩。下午兩點以後，俵屋家的女性一個個地回來了，最後，新娘在六點回家……大概就是這個情況，沒錯吧？」

八星觀望著周圍的大人們。在那些一頭霧水的大人之中，雙葉率先靈敏地出言提醒：

「聯，還有小麥喔。」

「啊，對耶。雙葉帶了小麥來確認要表演的節目，對吧？所以正確地說，出入宅邸的共有十四人加一隻狗。順便問一下，這裡還養了其他寵物嗎？」

八星這麼一問，小妹就不高興地回答：

「就算想養也不能養啊。爸爸禁止我們養寵物，說是會弄髒房子。」

「我知道了。順帶一提，俵屋家以外的人，包括婚禮顧問小姐和電視臺工作人員，以及新娘父親和姑姑，都在十點彩排結束之後就離開了。幫傭婦在上午十一點左右離開，雙葉大約是在正午過後離開的。此外，新郎和父親到了隔天，也就是婚禮當天早上才回來，幫傭婦的上班時間也差不多是那個時候。從這些資料看來，如果砒霜真的是在那天被偷走的話，誰有機會偷走、又是在何時偷走的呢……」

八星跪坐在地上仔細看著筆記本，然後說道：

「我簡單地看了一下，能做到這件事的只有在新娘外出時回來的俵屋家母女三人。」

「喂！」

絹亞立刻發難。

「什麼嘛！結果你還是在懷疑我們嘛！新娘的皮箱上了鎖耶，我們怎麼偷得到砒霜啊？」

「鋼纜鎖雖然開不了，但皮箱上掛的是三碼的密碼鎖，一個一個試的話，從000到999只要試一千次……如果每轉一個號碼需要三秒，最慢只要三千秒，也就是說，最多只要五十分鐘就打得開，實際上開起來一定更快。只要有時間，遲早都打得開。但問題是……」

「問題？」

八星不理會絹亞的發問，搗著嘴巴認真思索。

「愛美珂小姐，不好意思，能不能請妳再詳述一次俵屋家的人外出和回家的理由？」

「是可以啦。唔……先說外出的理由，爸爸和廣翔各自去跟朋友喝酒，我是和朋友去唱卡拉ＯＫ，絹亞是去和男友約會，媽媽是去健身房。至於回來的理由，爸爸和廣翔都是隔天早上才回來，我因為身體不適而提早回家，絹亞和男友吵架之後就回來了，媽媽因為電車誤點來不及準時上課，半途就折返了。還有，瀨那小姐說是要回自己家，事實上是怎樣就不知道了。」

八星看著筆記本沉吟。

「也就是說，愛美珂小姐、紀紗子太太、絹亞小姐三人回來的時間都比預定的早嗎？本來應該會晚一點回來？」

「是啊，因為我們都說不在家裡吃晚餐，珠代才會不到中午就走了。」

「所以新娘沒有料到妳們三人會比她更早回來，而妳們卻知道新娘什麼時候會回來……」

「沒錯……那又怎樣？」

八星又陷入沉思，含糊地回應「沒什麼」。

「關於新娘外出的事就先談到這裡，接下來要確認上午，也就是彩排時的情況。新娘在彩排時最後一個到場，而且是第一個離開的……沒錯吧？」

「嗯，的確是這樣。」

「我知道了。也就是說，在彩排的期間沒人有機會溜進新娘的房間。還有，愛美珂小姐，彩排時只有妳和新娘遲到了一下，理由是什麼？」

「因為我先去了廚房一趟。瀨那小姐說她只是在賴床。」

「去廚房？為什麼？」

「我去把中午要吃的比薩先從冰箱拿出來解凍。我之前買了一大堆冷凍比薩，要吃的時候可以一塊一塊拿出來微波加熱。聽說在常溫之下解凍再微波會比較好吃，但我試了之後才發現很難吃，所以一半都丟在廚房流理臺了。」

她明明是個住在文化遺產等級豪宅的千金小姐，講話倒是很有庶民的味道。

「為什麼要丟在主屋的廚房？俵屋家的人不是都住在離館嗎？」

「只是睡在那邊而已，吃飯還是會在主屋的小廳堂吃。珠代平時都待在主屋，煮飯也是在主屋裡。」

說到這個，珠代真的很不會煮飯，所以大家不常在家裡吃。她拿出來的都是現成的料理或是從店家買來的。

「為什麼要找廚藝這麼差的人來幫傭？」

「天曉得，是爸爸找來的。她主要的工作大概是打掃吧。」

愛美珂似乎覺得這事很可笑。八星歪著腦袋，很快又把視線移回筆記本上。

「我大概了解了。最後是午餐時間……你們沒有全家人聚在一起吃飯嗎？」

愛美珂點頭說：

「是啊，瀨那小姐在自己的房間吃，爸爸和廣翔在小廳堂吃，我在廚房的餐桌吃，絹亞沒吃午餐，媽媽只有喝水。」

「也就是說，新娘沒有離開過房間吧？」

「是啊，珠代把便當送到她的房間，她自己一個人在裡面吃。」
八星用眼神向新娘和幫傭婦確認，兩人都默默地點頭。隔天就是結婚典禮，這一家子的相處情況卻是這樣冷淡。
愛美珂突然轉頭看著雙葉。
「對了，雙葉前天為什麼那麼晚走？妳是在彩排結束兩小時之後才離開的吧？」
雙葉立刻紅了臉。
「這、這個，那是因為……小麥在彩排時表現得不太好，所以我讓牠多訓練一下……」
「訓練？妳是在哪裡訓練的？我怎麼沒看到？」
「呃，這個……」
雙葉突然一邊鞠躬一邊說「對不起！」。
「其實小麥在訓練的時候跑掉了，我到處找牠，才會拖到那麼晚……」
少女害怕地說道，愛美珂用意味深遠的目光打量著她。她在懷疑雙葉嗎？從目前的情況來看，的確只有雙葉一個人的行動不太自然……
八星盯著筆記本，向愛美珂問道：
「那天進出宅邸的真的只有這些人嗎？」
「只有這些。先前警察也問過我，所以我不久之前才剛看過門口的監視畫面。」
俵屋家和保全公司簽約，在門口安裝了防盜攝影機，就算有人從空中越過圍牆也會觸動感應器。

「那臺攝影機沒有死角嗎？」

「沒有。有人走出去的話只能拍到背影，反正只有進來的人需要留意。」

「攝影機是不是曾經被遮住？譬如有車子停在門前的路邊，或是有人來推銷報紙……」

「也沒有。午後只有幾輛車經過門前。」

「那麼，會不會有人藏在客人的行李裡呢？譬如躲在電視臺工作人員的器材裡。」

「唔……他們沒有那麼大的器材，只有扛在肩上的攝影機。新娘的父親拿著陽傘和坐輪椅的姑姑一起來到，但輪椅下面也沒有藏著人，當時是我親自出去迎接的，所以我可以確定。」

這樣啊……八星遺憾地喃喃說道。

「我再問一件事，愛美珂小姐，會不會有人更早之前就躲在屋子裡呢？」

「啊？你說有人一直躲在我們家？別說這麼嚇人的話。不可能的啦，前幾天有電器行的人來大廳堂安裝電燈，但他們一做完就全都離開了。爸爸每天都很注意有誰來過我們家，這是為了防小偷和防外遇。」

愛美珂露出別有含意的目光瞥向坐在鋼琴椅上的母親，但母親沒有任何反應。

「防外遇……？我明白了。為了小心起見，我再多問一句……這房子應該沒有祕密地道吧？」

「啊？怎麼可能有那種東西嘛！」
絹亞用找碴的語氣插嘴說。
「如果有那種東西，不就隨時都能帶男人進來嗎？就算只是在庭院裡挖洞，爸爸都會大發雷霆，因為這間宅邸算是文化遺產了。」
「……我想也是。不好意思，這裡本來是武士宅邸，所以我才以為可能會有地道……請當我沒說過吧。
婚禮之前的部分確認完了，接下來要探討婚禮當天誰有機會偷走新娘的砒霜……」
八星又望向表格。
「新娘離開宅邸進行送親遊行之前，都是待在自己的房間裡吧？她出門之後有人進過她的房間嗎？」
愛美珂搖頭說：
「沒人進得去，因為新娘要走的時候就鎖上了臥室棟和廳堂棟中間穿廊的門。我當天早上囑咐過她要鎖門，免得有客人跑進置物間。」
「……可以讓我看看平面圖嗎？」
八星要求看這間宅邸的平面圖，愛美珂立刻命幫傭婦去找。這個幫傭婦老是被呼來喚去的。

「……鎖起來的是中庭穿廊最西邊的那扇門嗎？不過，只要繞過庭園，就可以從緣廊進入新娘房間吧？」

「那也是不可能的。你看，要繞過庭園就得經過大廳堂，但是爸爸和廣翔當時都在裡面，如果有人走到那邊，一定會被爸爸擋住的。這是老房子，緣廊沒有很高，人就算趴在地上也藏不住。」

八星點點頭。

「我懂了，所以當天也沒人有機會偷走砒霜。照這樣看來，有可能在事前拿到這些砒霜的……還是只有婚禮前天新娘外出時在房子裡的愛美珂小姐、絹亞小姐、紀紗子太太，再加上新娘自己，總共四個人。」

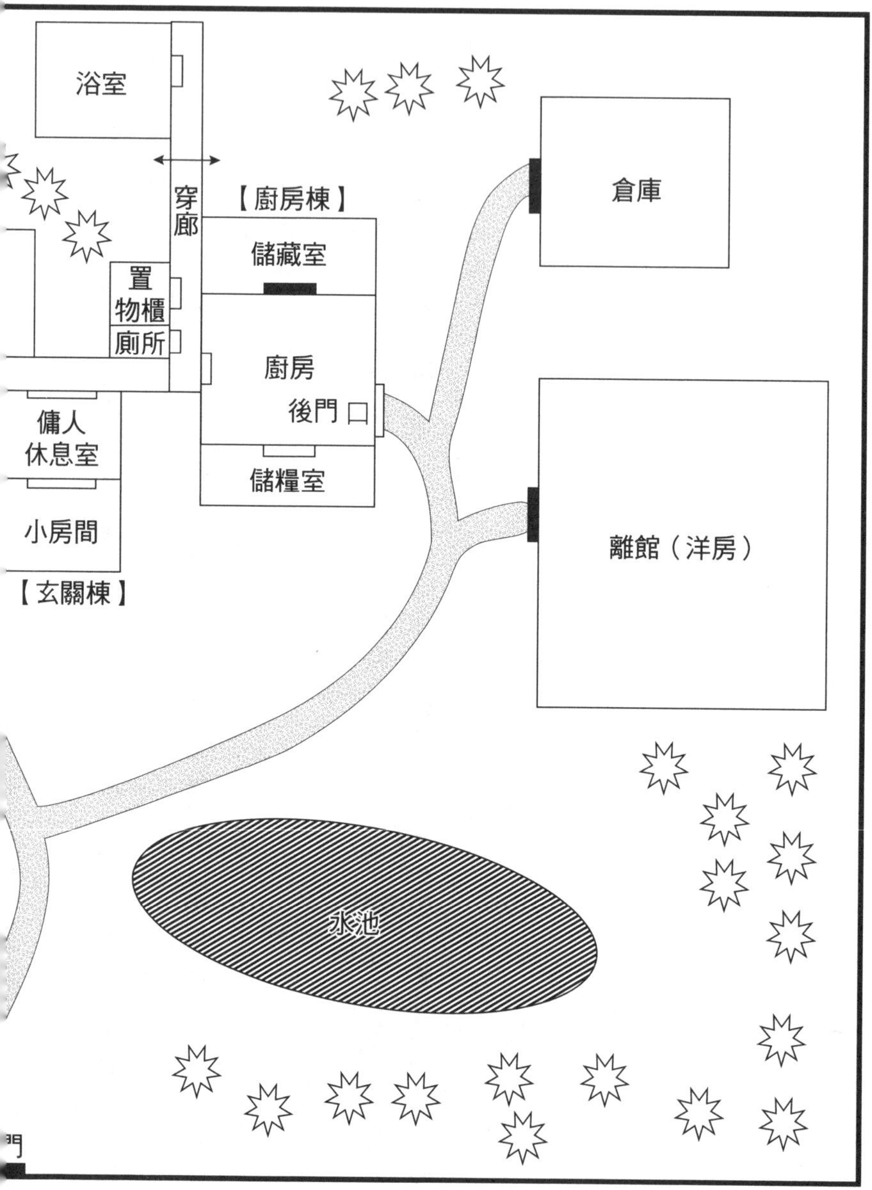

【宅邸平面圖】

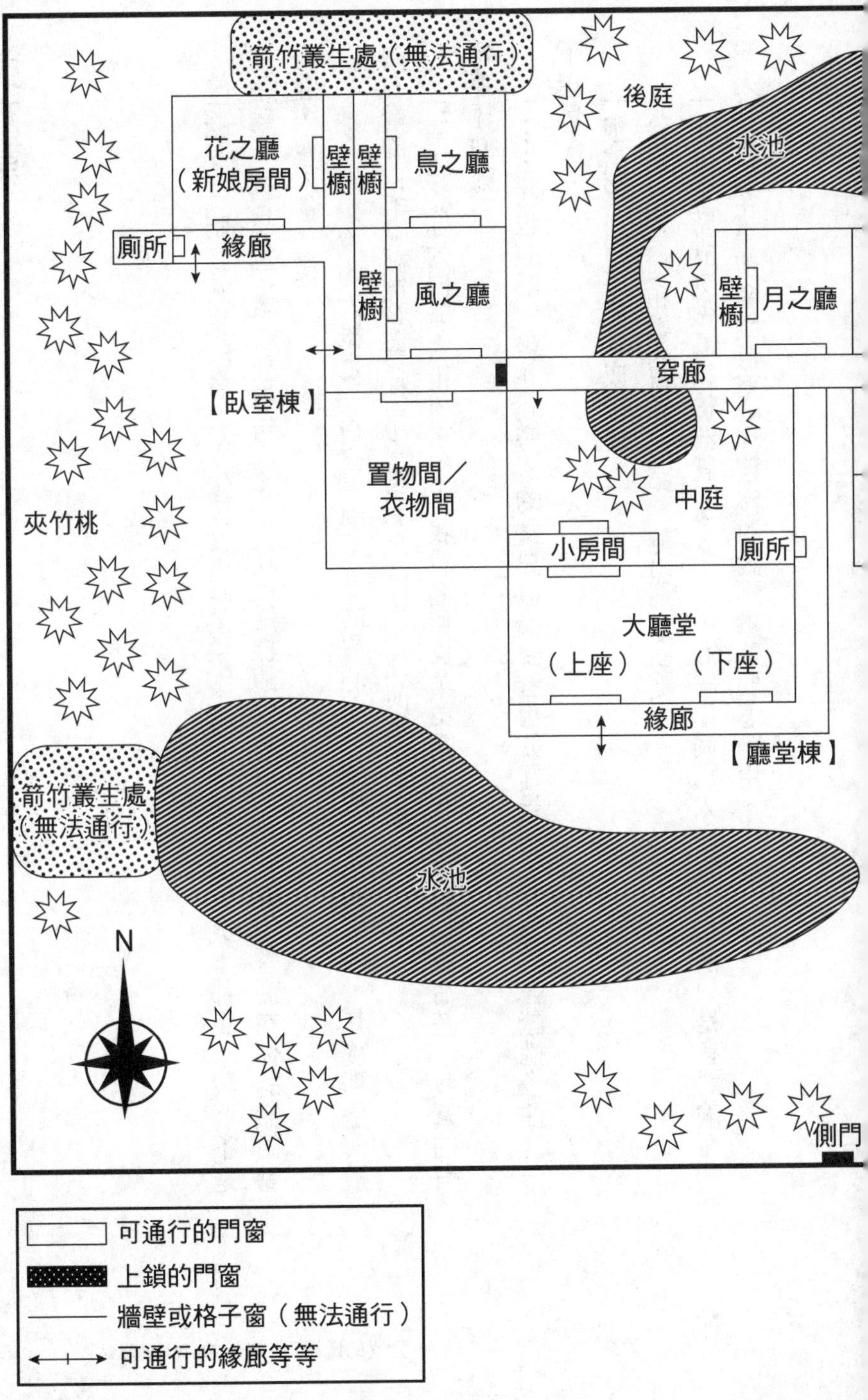
箭竹叢生處（無法通行）
後庭
水池
花之廳
（新娘房間）
壁櫥
壁櫥
鳥之廳
廁所
緣廊
壁櫥
風之廳
壁櫥
月之廳
穿廊
【臥室棟】
置物間／
衣物間
中庭
夾竹桃
小房間
廁所
大廳堂
（上座）
（下座）
緣廊
【廳堂棟】
箭竹叢生處
（無法通行）
水池
N
側門
可通行的門窗
上鎖的門窗
牆壁或格子窗（無法通行）
可通行的緣廊等等

第六章

「啊？」聽到八星的發言，小妹又出聲表示不滿。「開什麼玩笑！都說了我們不是凶手嘛！玩柯南遊戲也要適可而止，你再這樣胡說八道，我就要用香菸在你的額頭點痣喔，像大佛一樣。」

……她想說的大概是「白毫」吧。佛的眉心有一個像黑痣的東西，其實那是一根向右彎的白毛。姊姊愛美珂用手勢制止妹妹，往前走了一步。

「絹亞，妳的口氣太粗魯了……我說名偵探弟弟啊，我要先跟你說清楚，我真的有喝那杯酒喔。」

「……我也有喝。坐在我旁邊的女兒發出聲音啜飲好幾次，我還得告誡她多注意一下禮儀。」

「很遺憾，這不能當成證據。」

八星對愛美珂和她的母親搖頭，乾脆地反駁。

「如果當時立刻做酒精檢測就好了……不過請你們別太心急，目前只是在討論有哪些人『可能在事前拿到毒藥』，還沒討論到毒藥要怎麼用。

那麼就接著討論第二點吧，毒藥是從哪裡下的——也就是受害者『攝取砒霜的途徑』。若能夠找出在酒裡下毒以外的途徑，就能推翻共犯論了，所以請大家盡量協助。」

八星翻著筆記本，把其中一頁攤開給大家看。

「其實我昨晚已經問過當天每個人的行動，列出一張表格。請你們確認一下……」

【當天的行動】

午後

12:00		出席婚禮者聚集在俵屋家的大廳堂。（參加送親遊行的人除外） 瀨那（新娘）離開宅邸。
13:00	送親遊行	瀨那從自己家開始遊行。 送親遊行開始後，愛美珂（新郎大妹）打開儲藏室的鎖，拿出酒器，送到大廳堂的小房間。（大概用了十分鐘）
16:00		瀨那到達宅邸。
17:00	婚禮	

婚禮的詳細經過

16:05	瀨那到達廚房。愛美珂、絹亞（新郎小妹）、紀紗子（新郎母親）出來迎接。
16:08	瀨那到達大廳堂─先在「月之廳」和一平與時子（新娘姑姑）會合。
～	介紹人和兩家人打招呼、交換禮品等等。
16:30	雙葉（斟酒員）從小房間拿出酒器，當眾用酒壺將酒倒入杯中。
16:33	廣翔喝了酒。
16:35	正造喝了酒。
16:38	狗闖進來。
16:39	一平喝光杯中的酒。
16:41	雙葉將酒器放回小房間。
16:42	歌舞開始。
16:45	正造、廣翔、一平依序倒下。（廣翔喝下酒的12分鐘後）
～	打電話叫救護車，外人離開宅邸。（翠生獨自照顧受害者。）
16:50	愛美珂和雙葉一起把酒器收回儲藏室。
17:01	救護車到達。（打完電話的 15 分鐘之後，因為橋壞了而遲延。）

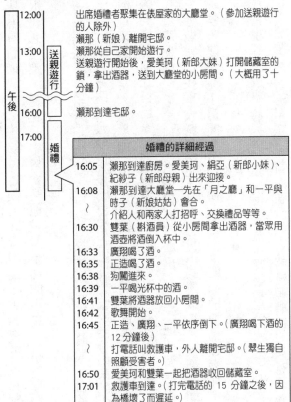

扶琳看到筆記本，才知道這兩人昨天聊到三更半夜就是在聊這些事。她看得出來八星很在意雙葉，還在心中偷偷笑他是個早熟的小鬼，原來他們的相處情況還挺健全的。

「這場婚禮有電視臺來拍攝，所以可以確定詳細的時間。合飲的時間估計一個人要花一分鐘。十六點四十五分以後的事是根據雙葉的證詞寫出來的。

簡單來說，當天沒參加『送親遊行』的婚禮出席者午前就在大廳堂集合了，然後新娘離開宅邸前往自己家，『送親遊行』從下午一點進行到四點，總共花了三個小時。

在這段期間，愛美珂小姐從儲藏室拿出酒器，把酒裝進酒壺，送到大廳堂的小房間。她做完這些事大概花了十分鐘。新娘到達以後，大廳堂開始舉行婚禮，到了合飲的時候，雙葉從小房間拿出酒器，在大家的面前準備好酒杯，然後……事情就發生了。」

八星說到最後語氣變得有些沉重，然後又繼續說：

「從這張表可以看出來，當天在合飲之前碰過酒器的只有愛美珂小姐和雙葉，所以能在酒器中下毒的……當然……只有……這兩個人。」

八星越說越猶豫。雙葉一臉不高興地盤起手臂，默默地向八星施壓。她大概是在抗議八星說她是嫌犯吧。這小鬼現在就開始怕老婆啦？

「不過現在下結論還太早，先照著順序討論下去吧。關於酒器，我想請教愛美珂小姐，這些東西平時一直收在儲藏室嗎？」

「是啊，因為這些都是國寶級的貴重物品，有很珍貴的歷史價值，某個網站上還刊登了這些酒器的照片和尺寸等詳細資料呢。」

「既然是這麼重要的東西，為什麼不收在外面的倉庫呢？」

「外面的倉庫才是幌子。因為擔心會遭竊，倉庫裡除了那些古早的砒霜之外沒放什麼特別的東西。真正有價值的物品，像是這些酒器，全都收在廚房棟的儲藏室裡。」

「原來如此。我順便問一句，儲藏室的鑰匙是誰在保管的？」

「平時都是爸爸，只有婚禮當天放在我身上，因為我得先準備酒器。」

八星翻開筆記本，再次確認「前一天的行動」那張表。

「……前一天彩排的時候，打開和鎖上儲藏室的人確實是正造先生，不過準備和收拾酒器的都是幫傭婦。

現在出現了好幾把鎖，為了避免搞混，先做個整理吧。愛美珂小姐，麻煩妳告訴我每個鎖的特徵，以及能開鎖的是哪些人。」

八星一邊說，一邊將筆記本翻到另一頁，記下愛美珂的證詞。

・倉庫的鎖──三碼的密碼鎖。俵屋家每個人都知道密碼，但幫傭婦和新娘不知道。

・儲藏室的鎖──堅固防撬的彈簧鎖。鑰匙只有一把，平時都是放在正造先生身上，只有婚禮當天在愛美珂手上。

・廳堂棟穿廊門上的鎖——三碼的密碼鎖。可以每次設定不同的密碼。平時都不鎖，只有婚禮當天新娘離開宅邸時鎖上。密碼只有新娘知道。

・新娘皮箱上的鎖——三碼的密碼鎖。提把用鋼纜鎖固定在新娘房間壁龕的柱子上。密碼只有新娘知道，鋼纜鎖的鑰匙在新娘的手上。

「大概就是這四個吧。愛美珂小姐，我再確認一下當天的情況，妳是在送親遊行的期間把酒器從儲藏室拿出來的嗎？」

「是的，大概是在送親遊行剛開始的時候吧。我還特地提早準備，免得到時手忙腳亂。」

「那個杯子有洗乾淨嗎？」

「當然有，酒也是當天才開瓶的。我把酒壺裝好酒之後，就立刻送回大廳堂的小房間了。」

「後來有人進去小房間嗎？」

「沒有。新娘到達以前我一直待在大廳堂，沒看到有誰進去過。當天來參加婚禮的人全都在大廳堂的液晶電視前看送親遊行的轉播，珠代也是。」

這樣啊……八星喃喃說道，專注地看著筆記本。

「……那新郎他們在看電視時有沒有吃過什麼東西？」

「爸爸和廣翔沒有吃東西，只有喝水，他們都因為嚴重的宿醉而沒有食慾，連花粉症的藥都吃不下。他們喝的寶特瓶也是當時才打開的。」

「他們兩人都有花粉症嗎？」

「我們全家人都有花粉症，大概是庭園那些夾竹桃害的吧。不過我和絹亞、媽媽都討厭吃藥，所以當天只有點眼藥水。大廳堂裡還開著有除花粉功能的冷氣機。」

「新郎他們也點了眼藥水嗎？」

「嗯，我們用的是同一瓶眼藥水。雖然共用眼藥水不太好，但是珠代只準備了一瓶……」

「我明白了。如果眼藥水有問題，妳們應該也會出問題。

對了，新娘到達時，妳們母女三人在後門迎接，還有攝影機在旁邊拍攝。新娘的父親和姑姑一進門就直接去『月之廳』，也沒有機會進入小房間……」

八星盤腿而坐，手肘靠在腿上撐著臉頰，用老成的態度沉思著。

「……不好意思，我想確認一下剛才紀紗子太太說的『坐在旁邊的女兒發出聲音啜飲好幾次』，如果攝影機有拍到的話，可以給我看看影片嗎？」

愛美珂一聽就臉紅了，不知道他幹麼要確認這件事。幫傭婦馬上拿來一臺平板電腦，大概是用無線傳輸還是什麼的，開始播放影片。

螢幕上出現了合飲的場景。鏡頭是從下座往上座拍，因為門上的橫木擋著，幾乎看不到天花板。

正前方可以看到一面巨大的屏風和新郎新娘，金屏風在強光的照射下亮到整個發白。此時穿著和服的雙葉和穿圍裙的幫傭婦從鏡頭前經過，雙葉獨自一人走進小房間，幾秒之後就捧著酒器靜靜地走出來。

雙葉走到上座的中央，將酒倒入杯中，合飲就此開始。影片播放到大妹喝酒的時候，確實傳出「簌簌簌」的聲音。在一旁看著的愛美珂似乎很難堪，口中喃喃說著「討厭……」。

「紀紗子太太的證詞是真的，但愛美珂小姐也有可能『只是發出聲音裝作喝了酒』。再來是傳杯子的方式，幾乎所有人都是用雙手捧著杯子，只有新娘和絹亞小姐在起身的時候有點不穩，所以把一隻手蓋在杯子上，而且兩人都是用右手從上方抓住杯子前端。還有，在狗闖入的時候，雙葉為了阻止狗去喝酒，用自己的身體遮住了酒杯。值得注意的地方大概就是這些吧……啊，還有，新娘父親好像把整杯酒都喝光了，所以杯子傳出去的時候已經空了。」

八星抬起頭來向幫傭婦道謝，交還了電腦。

「最後，要確認事發後的情況。在救護車趕來之前照顧受害者的新郎表哥……是哪一位？」

牆邊傳來聲音。

「是我。當時是我在照顧舅舅他們。」

已經拿下領帶的男人站在酒櫃前，將蒸餾酒倒入平底玻璃杯。他大概三十五歲左右，外表清爽、氣質溫和，有一頭短短的黑髮。

「你就是翠生先生吧？你讓他們三人在上座躺下，照顧他們直到救護車來到。不過，為什麼只有你一個人去照顧他們？」

「我也不知道為什麼……可能是其他人動不了吧，因為大家都嚇壞了，而且舅舅他們都在嘔吐，紀紗子小姐她們穿著和服，也不方便靠近。」

「你有給他們喝水嗎？」

「沒有，他們都已經意識不清了，所以我讓他們側躺，維持呼吸道順暢。那時我還以為他們只是急性酒精中毒。」

「你很了解急救程序嘛。」

「我在大學的時候看過急性酒精中毒的人被送去醫院……怎麼？你是在懷疑我嗎？懂得急救程序有什麼不對的嗎？」

「翠生表哥本來就很聰明喔，名偵探。」

愛美珂在一旁插嘴。她這甜膩的聲音讓扶琳聽得直冒雞皮疙瘩。

「沒有，我只是隨口說說，請不要聯想過多。在救護車到達之後……」

八星最後又問了一些話，把得到的結果記錄在筆記本裡。詳情如下：

・案發之後，瀨納、愛美珂、絹亞、紀紗子、時子和雙葉都移動到「月之廳」等待，救護車到達之後，瀨那率先從廚房裡的後門出去。

•其他出席婚禮的人和工作人員都從正門離開宅邸。包含翠生在內的親戚繼續留在大廳堂裡，翠生一直在照顧躺在榻榻米上的三位受害者，狗也還在那裡。
•事發後愛美珂忘記收起酒器，到了「月之廳」才想起來，所以又回到小房間，把酒器收回儲藏室（表格上的十六點五十分），雙葉也去幫忙清洗酒器。杯子和酒壺都沒有異樣。兩人除了收拾酒器之外沒有做其他事，彼此都可以作證。
•紀紗子一副快要昏倒的樣子，所以愛美珂和絹亞一直陪在她旁邊。
•救護車到達之後，愛美珂等人為了小心起見，要幫傭婦留下來看家，然後一群人去了醫院。雙葉跟著母親回家。
•三位受害者確認死亡的時間是凌晨三點。之後所有人搭計程車回到宅邸，時間是凌晨五點。
•幫傭婦隔天早上去便利商店買了全家人的早餐。

「啊，對了，在醫院的時候，新娘說了一些奇怪的話。」
絹亞彷彿想起了什麼，突然開口說道。
「她說『和美小姐，是妳做的嗎？』……難道瀨那小姐在婚禮前一天沒有回自己家，而是去了和美小姐的祠廟嗎？」
絹亞尖銳的指責令新娘嚇得渾身顫抖。八星露出困擾的表情。這件事山崎昨晚已經告訴過孩子們了，他大概不知道該不該提吧。

「……和美小姐的祠廟在這附近嗎？」

「有一段距離。」

愛美珂看著半空回答。

「附近的橋現在不能通行，如果開車繞遠路，來回至少要一個小時，也可以徒步走山路，來回要花半個小時以上，不過還是走山路比較近。我們要去山的另一邊買東西時都會走這條路。」

「姊姊經常叫珠代去那邊吧？」

「因為有些飲料只有祠廟附近的自動販賣機才有賣嘛。珠代的動作很快喔，前陣子她還破了紀錄，三十分鐘就回來了。」

扶琳瞄了幫傭婦一眼。幫傭婦發現扶琳在看，不好意思地低下頭去。真是個可憐的女人，都三十幾歲了還得被這小丫頭隨意使喚。

絹亞睥睨著癱在地上的新娘，恨恨地說：

「新娘在醫院裡表現得很不正常，一個勁地盯著自己的左腳。她的腳不知為何是溼的，而且還有一股酒味。」

「……溼的？合飲的時候酒又沒有灑出來，而且廳堂也打掃得很乾淨啊。」

「誰知道。大概是在醫院裡偷喝酒了吧。」

八星走近面容憔悴的新娘，向她低聲說了幾句話，又在筆記本上寫了一些字。

・在醫院的時候，新娘發現左腳足袋的腳背和腳底是溼的，而且有酒味。足袋染上了粉紅色，還沾著一片薄薄的粉紅色花瓣。（新娘在合飲之後滴水未進）

「……好啦，這麼一來就能大致鎖定有嫌疑的人了。當天在事前碰過酒器的人是愛美珂小姐和雙葉。合飲之中所有人都摸過杯子，但多半只是用雙手從下方捧著杯子，只有新娘、絹亞小姐、雙葉除外。

事後照顧三位受害者的是翠生先生。愛美珂小姐當天洗過杯子，而且酒壺裡放的是新開的酒，所以不可能在那之前把砒霜放進酒裡。」

八星闔上筆記本，站了起來。

「有了這些證詞，就能知道有機會拿到毒藥的人是哪些，有機會下毒的人又是哪些。接下來只要找出兩者的接點，找到正確的組合，真相就呼之欲出了。

就算說真相已經在這筆記本裡也不為過，但是……」

八星說到這裡停頓了一下。

然後他仰望著天花板，喃喃說道：

「這樣啊……所以凶手果然是……」

之後八星一直沒開口，扶琳不禁疑惑地歪頭，其他人也都一臉迷惘。第一個按捺不住的是小妹絹亞，她開口問道：

「怎樣啦？難道你已經知道凶手是誰了嗎？」

八星的視線慢慢轉向絹亞。

「不，完全不知道。」

第七章

鈴的一聲，扶琳聽見了鈴鐺的聲音。

雙葉叫著「啊！」急忙蹲下去。原來是狗的項圈掉在地上。或許是期待落空吧，使得她連愛犬的遺物都握不住。

「……姊姊，乾脆用打火機烤一烤那傢伙的手毛吧。」

小妹似乎打算幫八星做脫毛服務。大妹默默叼著菸，喀鏘一聲按下打火機點菸。八星的表情變得有些僵硬。

旁邊傳來男人的笑聲。

「什麼嘛，真可惜，我還以為妳會回答『好啊』……」

說話的人是翠生。他先前一直靜靜地聽著，直到現在才開口。他右手拿著玻璃杯，左手拎著威士忌酒瓶走過來。

「過程還算合格，結論卻是零分。要不要讓我來幫你推理啊？」

這傢伙想要推理？

八星戒備似地按著自己的手臂，板著臉回答：

「不用了，偵探角色有一個就夠了。外行人隨便插手可是會出事的。」

「會出事的應該是你吧？好啦，別這麼小氣。我也看過不少推理小說，老實說，我還挺喜歡這種推理遊戲……我跟你應該算是夥伴吧。」

這位禮服顯得有些凌亂的三十幾歲男人眨著一隻眼睛，豎起拇指。

八星神情不悅地沉默不語，大概是因為對方態度輕浮，還說他是在玩推理遊戲吧。翠生在小鬼面前停下腳步，仔細盯著他看，彷彿覺得他的反應很有趣。

接著男人離開八星的面前，走向鋼琴旁邊放著菸灰缸和黑白棋盤的小桌子，把酒瓶和杯子放在桌上，手肘靠著鋼琴，從棋盤上拿起一顆棋子，用拇指彈起。

「我很欣賞你周詳的蒐證態度，但你沒辦法分析資料創造新觀點，頂多只能打五十分。人的思考能力必須具備『統整』和『創建』這兩個輪子才跑得起來，而你缺少的就是後者。

嘿，少年偵探，你一開始提出的『**全員共犯論**』的確很有說服力……」

男人一邊說，一邊不停地將棋子彈起又接住，然後牢牢地盯著八星。這個乍看溫和又穩重的男人此時流露出劍客般的銳利目光。

「不過，單獨作案也是有可能的吧？」

＊＊＊

在一段沉默之後，有個人影從沙發站起來。

「好了，翠生，不要隨便亂說……」

「沒關係啦，光江姑姑。」

愛美珂立刻打斷了她的話。

「說不定翠生表哥能解決這個案子呢。翠生表哥，把你的推理說出來看看吧。」

這撒嬌的語氣又讓扶琳冒起了雞皮疙瘩。從稱呼聽起來，這個叫作光江的女人應該是翠生的母親吧。她和新郎母親同樣穿著黑色的短袖襬和服，但她不像新郎母親那麼年輕，儀態也差了一大截。

「單獨作案嗎……」

八星用挑釁的語氣複誦著，翠生點頭說：

「是啊。如你所說，砒霜不一定是直接放在酒裡，而且砒霜——三氧化二砷——對成年男子的致死量是一百至三百毫克，只有指甲縫那樣一丁點兒。既然分量這麼少，不用摻進酒裡也有辦法讓人吃下去吧，譬如事先抹在杯緣。」

「不太可能，因為婚禮用的酒杯是黑色的，而砒霜是白色粉末，抹在黑色的杯子上會很明顯。」

「也有不明顯的地方喔。你看過那個杯子嗎？裡面某些部分不是黑色的……」

八星停頓了一下。

「你是說……銀箔嗎？」

翠生再次點頭。

「是的，杯子裡裝飾著龍形的浮雕和銀箔做的瀑布，銀箔乍看之下跟白色差不多，把砒霜灑在那裡就不會被人發現了。

順便一提，因為砒霜是水溶性的，也可以事先加水弄成無色的果凍狀，但是那樣沾溼之後會更顯眼。還有，若是把粉末染成黑色，酒和杯子、受害者的嘴裡、嘔吐物、胃的內容物應該都會變黑，但是醫生並沒有發現這些情況。」

「我理解你的假設，但那樣不就代表……」

八星往旁邊迅速瞄了一眼，翠生也注意到他的目光，就咳了一聲，再次喝起威士忌。

「你也發現了嗎？是啊……正是如此。『這又有什麼不可以的』？」

八星默然無語。扶琳聽不懂他們在說什麼，這小鬼大概找到對方的弱點了，那他為什麼不快點進攻呢？

「……怎麼樣？翠生表哥很聰明吧。」

愛美珂不知道是在驕傲什麼。八星瞥了她一眼，搖頭嘆氣說：

「單純的傢伙……」

聽到這句話，這次換小妹絹亞不滿地叫著「啊？」。她走到八星面前，皺著眉頭把臉湊近，八星硬撐下來，沒有後退，眼神卻不安地游移。
翠生拿起小桌子上的菸灰缸。
「為了解釋這個『詭計』，我就拿這個菸灰缸來實際演練。邊緣沾到灰的這個地方就當作是『下游』……」
他一邊說，一邊指著菸灰缸邊緣的某處。
「銀白瀑布從杯底流到杯緣，從這裡喝酒就像有一條龍從嘴裡飛出來。這個地方就是瀑布的『下游』。用這個杯子喝酒時，正確拿法應該是把『下游』對著自己的嘴。我說的詭計就是把砒霜抹在『下游』的地方，這裡的銀白色可以讓砒霜看起來不顯眼。從這裡喝酒，就會吃下砒霜。
不過，砒霜不見得會全部被酒沖走，要視砒霜的分量而定。此外，砒霜的溶解速度不快，還沒溶解的砒霜會像沙子一樣沉澱在杯底，但是浮雕的龍尾在『下游』附近形成了水壩，所以砒霜不會沉到杯底，而是會積在這裡。
這時再從『下游』喝酒，當然會喝到還沒溶解的砒霜……換句話說，『只要這裡積了足夠的砒霜，就能殺死好幾個人』。」
翠生拿著菸灰缸走向愛美珂。
「假設酒杯裡做了這種手腳，接下來的重點就是『傳杯子的方式』。請回想一下，杯子在『合飲』的時候是怎麼傳的？」
傳杯子的方式……？

「沒錯。」

男人站在愛美珂面前，雙手捧著菸灰缸往前伸出。

「就像這樣，『面對面遞出去』。」

愛美珂似乎聽不太懂，但還是面帶笑容地接過去，翠生也對她露出了溫柔的笑容。

「你們懂了嗎？杯子的方向在傳給下一個人之後就反過來了，也就是說，下一個人『喝酒的位置必定是前一位的對側』。

這跟茶道不一樣，不能先把杯子轉正再喝，而且頭一個喝的新郎拿的應該是正面，也就是從『下游』喝酒……妳說是吧，斟酒員小妹妹？」

翠生向雙葉問道。少女遲疑了一下才說「啊，是的」。扶琳瞥見新娘也在點頭。

翠生從愛美珂的手上取回菸灰缸，放回原先的小桌子。

「大家應該發現了吧？如果第一個喝的新郎拿的是正面，第二個喝的新娘拿的就是反面，照這順序輪下去，每隔一個人就會變成從『下游』喝酒……」

翠生從小桌子的棋盤上抓起棋子，身體靠著桌子，把黑白棋一個個排在棋盤上，然後招手叫八星過去，從他的筆記本上撕下一張紙做成名牌，放在棋子旁邊。

眾人都圍到棋盤旁邊，扶琳也站在人牆之外觀望。

【合飲的順序】

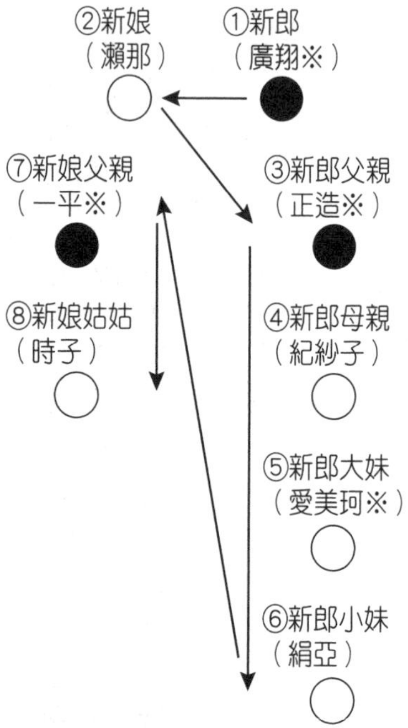

數字代表喝酒的順序，黑棋代表受害者。從新郎開始每隔一人就畫上「※」記號，這應該是代表從「下游」喝酒的人。

「照這情況來看，從『下游』喝酒的一定是奇數號碼的人……所以會死的也是奇數號碼的人，姑且稱之為『**奇數號碼殺人論**』吧。補充說明，這時我和其他親戚一起坐在大廳堂的下座觀禮，沒有參加合飲。」

絹亞興奮地叫道：

「哇！真不愧是翠哥，太聰明了……」

講到一半，她突然頓住。

「咦？可是這樣說起來……」

愛美珂仔細盯著棋盤，把快吸完的菸丟進菸灰缸，再從菸盒中抽出另一根菸叼在嘴上。

「翠生表哥，翠生表哥……不好意思，我打斷一下。或許是我不夠聰明，所以有些誤會……」

她的語氣很猶豫。

「這樣說起來，我不是也會死嗎？」

翠生也伸手從愛美珂的菸盒裡拿出一根菸，含在嘴裡。

「是啊。」

他回答道。

「依照這個假設，『妳應該也會死』，因為妳也是奇數號碼，而且妳還很肯定地說『妳有喝酒』。

接下來和少年偵探的『**全員共犯論**』是同樣的道理，最簡單的解釋就是『妳假裝喝了酒』。這樣就不用把所有人都當成共犯了，需要演戲的只有一個人。也就是說……」

翠生用自己的打火機點燃香菸，如同享受著飯後一根菸，深深地吸了一口。

「能單獨實行這個詭計的只有妳，愛美珂。」

＊＊＊

客廳裡一片寂靜。

愛美珂像泥偶一樣僵住不動，但臉孔卻變得越來越猙獰。

「什……」

最後她終於爆發。

「什麼嘛！翠生表哥！我才不會做那種事呢！」

「『不會做那種事』？妳怎麼好意思說這種話，妳忘記自己的前科了嗎？紀紗子為了妳都不知道受了多少苦……」

「前科……你是說我高中時欺負別人的事嗎？那件事在協調之後就解決了啊！又沒有鬧上法庭！」

「虧妳有辦法若無其事地說出這種話，妳連反省和罪惡感都沒有嗎？而且我聽說妳和廣翔最近關係很差，好像是廣翔狠狠地甩了妳的朋友，讓妳覺得很丟臉……」

「怎麼可能……」

愛美珂揮舞著銅馬說。

「怎麼可能為了這種事殺死自己的家人啊！」

咚的一聲，銅馬被摔在地毯上。

翠生叼著菸，睜大眼睛看著腳邊，其他人的視線也都盯著那裡。如果這一記砸在頭上，鐵定把人砸得腦漿迸裂。

愛美珂肩膀起伏，用力喘氣，然後一手按著臉，笑了起來。

「這樣啊，原來如此，原來我在翠生表哥的眼中是這樣的人……是個稍微不高興就會殺死家人的女人。為了一點小爭執而殺人的事在社會上確實很常見，不過……」

愛美珂吸著鼻水，蹲下抱膝，對躺在地上的銅馬喃喃說著「對不起唷……」，把它撿了起來。

「……翠生表哥，可以請教你一件事嗎？」

「妳說吧。」

「照你這種說法，那隻狗為什麼會死？」

「很簡單，因為狗在喝酒的時候也舔到了銀白色的部分。」

「那我為什麼連自己的爸爸和新娘的爸爸都要殺？廣翔就不說了，爸爸和我的關係明明很融洽。」

「這是障眼法。如果只殺死新郎一人，有動機的嫌犯比較少，多殺幾個人，嫌犯的數量也會增加。

隱藏樹木的最佳場所是森林——妳為了掩飾殺死一個人的動機，就多殺了幾個人。這在推理小說中也是很常見的手段。」

「……那只是小說吧？看不出來翠生表哥這麼宅呢，這種落差倒是挺可愛的……」

扶琳搔搔脖子。她從剛剛就覺得這個女人說話很惹人厭。

她想叫八星快點把事情解決，卻看不到那個小鬼的身影。難道他溜走了？扶琳還以為他臨陣脫逃了，隨即發現鋼琴後面有條人影在晃動，一個孩子站在那邊，把窗臺當成桌子寫筆記。

扶琳走過去，在他的屁股上拍了一下。

「小鬼。」

八星頭也不抬地回答：

「有什麼事嗎，扶琳小姐？」

「怎樣？」

「妳是指什麼？」

「那個男人的假設到底對不對？」

「請等一下，我還在整理思緒。」

「還沒想好嗎？動作真慢，如果是你以前的師父早就想出來了。」

「請別拿我和師父比較，我要跟他比還差多了……」

附近傳來鏗的一聲。

扶琳立刻轉頭，看見愛美珂揚著手不動，菸灰缸掉在地上。大概是翠生遞菸灰缸給她，卻被她打落在地。

「我明白了。算了，翠生表哥，我本來打算保持沉默的，但是我再也忍不下去了，我要全都說出來，你後悔也來不及了。」

愛美珂丟出令人心驚的預告，慢慢抬起頭來。

「翠生表哥，雖然你一直擺出事不關己的態度……但你也一樣有嫌疑吧？」

＊＊＊

客廳的時間彷彿突然凍結了。

如同對靜止的畫面按下播放鍵，第一個有動作的是翠生。他撿起地上的菸灰缸，放回小桌子上。菸灰灑了一地。

「……我有嫌疑？為什麼？」

「翠生表哥，當時是你一個人在照顧爸爸他們，搞不好就是你在那時讓他們吃下砒霜的呢。」

「喂喂，妳指的是『時間差殺人詭計』嗎？這確實是推理小說常用的手段……」

他一臉受不了地攤開雙手。

「妳想說舅舅他們當時只是假裝倒下，其實一點事都沒有，但我趁著照顧他們的時候——譬如讓他們側躺保持呼吸道暢通的時候——才偷偷餵他們吃下砒霜，殺害他們。也就是**『時間差殺人論』**……」

「是啊，如果爸爸他們倒下是在演戲，你就有機會殺害他們了。你的嫌疑也很大。」

「笑死人了。為什麼舅舅他們要假裝倒下？」

他揚起一隻手，表示這是無稽之談。

「況且我若是凶手，我要怎麼偷走新娘的砒霜？能偷砒霜的機會只有婚禮前一天新娘外出的時候，但我又沒有參加彩排，前一天根本沒來宅邸，而且……」

「是啊，的確沒辦法。除非你……」

愛美珂的眼睛瞟著坐在鋼琴前的女人。

「『跟我媽媽串通好了』。」

所有人又靜了下來，如同默劇一般。

接著眾人的視線都集中到新郎母親——紀紗子的身上。女人一動也不動，但那女明星般的美麗容顏變得像面具一樣僵硬，目光盯著腳下的地毯。

女兒單手扠腰，用挑戰的眼神看著身穿和服的母親，然後歪著嘴角說：

「我早就發現了，你們兩人的態度讓人不想知道都不行。媽媽明明是運動白痴，卻突然開始跑健身房，更讓我肯定了這點……」

扶琳臉色蒼白地低下頭。

她啣起菸管，用熟悉的咬嘴觸感來鎮定心情，然後又拍了八星的屁股一下。

「你看，都是因為你拖拖拉拉的，現在又多了一個假設。」

「這……對不起，是我能力不足。」

「而且連這種不該說的事情都被爆出來了。」

「我無法辯解。」

翠生轉開視線，望向牆上的繪畫。

「……胡說八道，這是嚴重的汙衊。不只是對我，連紀紗子小姐都……」

「我早就想跟你說了，可不可以請你不要隨便直呼別人母親的名字？真噁心。」

「反正舅舅他們根本沒有理由演這種戲。」

「當然有理由。他一定是『猜到了』。」

「猜到了？」

「爸爸一定也知道了你們兩人的關係。」

愛美珂撥弄著馬背，點燃叼在嘴裡的菸。

「爸爸早就知道媽媽有外遇，所以才在婚禮上演戲，『假裝被人下毒』，這場婚禮會在電視上播映，現場也有很多觀眾，非常有話題性。

如果在這種場合爆出媽媽有婚外情，媽媽當然會惹上嫌疑。這樣她就慘了，所有人都會對她指指點點的。」

「這種復仇方式也太迂迴了，直接逼問不是更簡單嗎？」

「爸爸就是喜歡這種『深沉的手段』啊，我和他個性很像，所以我很了解，這比直接揍人的效果好上幾萬倍，這種精神上的壓力才能更有效地阻止媽媽外遇。」

「這種假設我光是想像就覺得愚蠢。我就退讓一百步，承認他們真的是在演戲好了，但我為什麼要殺了他們？當場拆穿他們不就好了？」

「你們兩人就是想逮住機會啊，如果爸爸他們死了，你們就能毫無顧忌地交往，媽媽也能隨心所欲地花錢了。而且警察一定想不到爸爸他們起初只是在演戲……對了，你連新娘父親都一起殺掉，鐵定是為了阻止他說出爸爸的計畫。」

「……太荒謬了。」

翠生頭也不回地聳肩說道。

「我和紀紗子小姐有婚外情是假設，舅舅知道此事而假裝中毒也是假設，我事前得知他的計畫而反過來利用這計畫也是假設……奠基在假設上的假設又發展出假設，這完全是妳腦內小劇場的幻想故事嘛。」

「但是很合理，不是嗎？」

「一點都不合理，從頭到尾都充滿了矛盾。第一，我怎麼會事前就知道舅舅的計畫？第二，舅舅為什麼不自己一個人演？第三，既然要找別人幫忙演，為什麼不找妳們姊妹倆？如果妳們跟著演戲，紀紗子小姐的嫌疑不就更大了嗎？

第四點，也是最重要的一點，照妳的假設，根本解釋不了狗為什麼會死。」

愛美珂呼出一口煙，瞇著眼睛淺淺地笑了。

「翠生表哥真是拚了命地在辯解呢……但我可以很簡單地回答你：第一，媽媽經由某種方式得知了爸爸的計畫，所以跑去找你商量。第二，爸爸喜歡搞派頭，就算是這種時候也想多拉一些人把場面搞大。第三，兒子是無所謂，但他一定不想讓女兒知道這種事吧。第四，狗會死掉只是因為酒精中毒，但你為了製造『杯子裡有砒霜』的假象，事後再偷偷把砒霜放到狗的嘴裡……大概是這樣吧。」

翠生轉過頭來，憤恨地瞪著愛美珂。

「妳為了轉移自己的嫌疑也很拚命嘛。」

「是嗎？那我們要不要相親相愛地手牽著手一起去警局啊？」

愛美珂若無其事地笑著說。氣氛變得越來越緊張。

扶琳鐵青著臉啣著菸管，聽見旁邊有人抱怨「唉，吵死了……」。八星雙手摀著耳朵，一邊看著筆記本，一邊自言自語地說著「呃，既然那個是這樣，所以應該是那樣……」。

這小鬼用力一拍窗臺，露出恍然大悟的表情。

「對了！只要從這裡切入……」

此時有人大聲吼道：

「你們有完沒完啊！太難看了！」

＊＊＊

八星嚇了一跳，轉過頭來。

說話的是另一個穿著黑色和服的女人。那是翠生的母親、新郎的姑姑……好像叫光江吧。年齡大概五、六十歲，身材矮小，頂著一頭銀髮。

光江站到愛美珂和翠生中間，交互望向兩人，重重地嘆了一口氣，然後挺直腰桿，按著和服衣襟往前走。翠生看出了她的目的，急忙跑過去抓住她的手腕。

「媽，等一下。」

母親卻甩開他的手，繼續朝著鋼琴走去。「啊啊……」兒子用手按著臉呻吟。

光江面對著坐在鋼琴椅上的人，幽幽地開口：

「紀紗子。」

新郎母親像一隻衰弱的小鳥，只是微微地轉動了頭。

「是。」

「這是真的嗎？」

「……」

「妳跟我的兒子真的有男女之間的那種關係嗎？」

單刀直入。扶琳很感興趣地看著這一幕。

「是的。對不起。」

她爽快地道歉了。這些女人真有膽識。

光江吁出一口氣，一臉困擾地按著額頭。

「……從什麼時候開始的？」

「是從……」

「不，還是算了，我不想知道。」

光江打斷了她的發言。

「我很想把妳罵得狗血淋頭，但我寧可選擇更成熟的做法。可以請妳以後不要接近我兒子嗎？他正面臨著工作上的關鍵時期……」
「好了啦，媽，現在不是妳說話的時候。」
翠生抓住母親的肩膀。光江回過頭來。
「真是丟人現眼。」
她冷冷地說道。
「竟然被這種女人迷了心竅……媽媽還以為你上次帶來的女孩是你的女友呢，如果你對人家不是認真的，就馬上給我分手，不然這樣對人家太失禮了。」
光江推開兒子的手，用冷冰冰的表情看著面前的女人好一陣子，然後又望向放棋盤的桌子附近的愛美珂和絹亞。
接著她深深地嘆著氣說：
「不只女兒有問題，連妻子都是這種人……真是無可救藥的一家人。哥哥怎麼會有這樣的家庭……」
「喂，死老太婆，妳說什麼……」
「絹亞。」
姊姊用話語和眼神制止妹妹發飆。
「……光江姑姑，我們家的確很不像樣，所以妳別只怪翠生表哥。我媽是個妖女，只要是男人都會被她的演技欺騙，而且翠生表哥的個性又是那麼溫柔……」
「噁心的丫頭，連自己的表哥都想勾引。」

氣氛頓時降到冰點。愛美珂笑了一聲，然後猛然抬手，一臉凶悍地抛出某樣東西。鏘的一聲，玻璃被打破了。

銅馬掉在外面的樹叢中。

「……夠了，光江。妳講話太難聽了。」

低沉的聲音發出了譴責。一個頭髮花白的中年男人站在光江背後，光江轉過頭去，噘著嘴說：

「可是老公，再這樣下去我們翠生就……」

「這不只是一個人的錯吧。現在不是吵架的時候，再不想想辦法，翠生就要被警察抓走了。」

「翠生才不是凶手。」

「重點是妳要怎麼向警方證明。現在兩邊的說法都沒有確切的證據，但是從動機來看，女兒再怎麼樣都不可能殺死感情融洽的父親，如果警察也這樣想，我們的麻煩就大了。」

「老公……難道你懷疑自己的兒子嗎？」

「不是我，而是警察。凶手是全部的人，或是愛美珂，或是翠生……如果一定要選出一個答案，最容易被懷疑的當然是……」

「你老是這個樣子。買東西的時候也是，別人怎麼推銷你就怎麼信。為什麼一定要三選一？又不是沒有其他的可能性。」

光江不悅地瞪著自己的丈夫，搖著頭說。

「稍微想一下就知道了，還有另一種解釋。」

＊＊＊

扶琳看到八星蹲在一旁抱著頭。

那模樣還真像隻青蛙。她記得在常去的骨董店裡看過類似的擺設。

扶琳握著菸管觀察八星這苦悶的模樣時，突然聽見一聲嗤笑。絹亞用鄙視的眼神望著光江說：

「笑死人了。老太婆也想扮演偵探？」

光江冷冷地望著她。

「……妳果然是我哥哥的女兒。告訴妳，我也看過不少推理小說，說到毒殺，最有名的當然是阿嘉莎．克莉絲蒂……不過我倒是想問，為什麼每個人都認為這是『一樁凶殺案』？這三個人又不一定是『同一個人殺的』。」

絹亞的臉皺得像是聞到什麼臭味。

「啊？三個人都喝了酒，死前的情況也一樣，怎麼看都是同一件事吧。」

「這幾個人的殺法……我真不想說出『殺法』這麼野蠻的詞彙，但也沒辦法……總之三個人應該都用了同一種『殺法』，那就是我們翠生說的方法——『把砒霜抹在杯子銀白色的部分』。這個部分我支持翠生的假設。

但我認為『毒藥的分量』跟他說的不一樣。」
「毒藥的分量……？」
翠生反射性地問道，光江露出溫和的微笑。
「是啊，翠生。依我的想法，凶手『只放了一人份的毒藥』。」
「一人份？怎麼會呢？這樣只有第一個喝到的人會……」
翠生說到一半，突然愕然地抬起頭。
「啊，原來是這樣。」
光江點頭說：
「就是這樣。一人份的毒藥『只能殺死下一個喝酒的人』，反過來說，各個受害者『前一個喝酒的人就是凶手』。三個受害者，三個凶手，總共是三樁凶殺案。我取名為**『前一位行凶論』**。」

＊＊＊

光江拉一拉鬆垮的衣襟，喘了一口氣。
「我們來看看喝酒的順序吧。新郎廣翔先不管。新郎父親，也就是我哥哥正造的前一位是新娘瀨那小姐。新娘父親一平先生的前一位就是妳，新郎的小妹絹亞。新娘和絹亞這兩人的共通點是什麼……翠生，你知道嗎？」
翠生一邊看著棋盤，一邊回答：

「兩人都站起來傳杯子……而且在途中都因為差點跌倒而『用右手抓住杯子前端』。」

「正是如此。而且她們杯子都是拿反面，所以做這個動作時會摸到前端的『下游』。也就是說，這兩人在傳杯子的途中『放了砒霜』。

除此之外，愛美珂在合飲之前已經摸過杯子了。所以這樣假設非常合理：愛美珂用一人份的砒霜殺死新郎，新娘用一人份的砒霜殺死我哥哥，絹亞也用一人份的砒霜殺死新娘父親，三件事湊在一塊兒，看起來就像是跳號殺人。

關於殺人的動機，愛美珂是因為和哥哥吵架，新娘是因為被迫結婚而懷恨在心，絹亞可能是想要滿足殺人的慾望吧。這樣愛美珂殺死的就只有自己的哥哥一個人，跟翠生毫無關係……」

「別開玩笑了！我為什麼要殺死新娘的父親啊！」

絹亞立刻出聲抗議。年輕女孩不顧禮貌地揪住對方的衣襟，中年女人依然掛著燦爛的笑容。

「妳問我為什麼？我才想問妳為什麼呢，我哪裡知道不在乎觸犯法律的人會怎麼想。」

「妳是說偷東西的事嗎？因為我以前常偷東西，妳就懷疑我？偷東西和殺人根本是兩回事，而且我早就改過自新了。」

「誰知道妳說的是不是真的……而且犯罪這種事通常會變本加厲，一開始放火燒垃圾堆，後來就放火燒房子，一開始偷偷小錢，後來就盜用鉅款。所以偷東西……」

「我偷東西只是好玩罷了！這跟殺人完全不一樣！」

「像妳這樣缺乏道德又毫無自覺的人才是最可怕的。這種事不是常常聽說嗎？只是為了好玩或快樂就濫殺無辜……」

翠生衝到兩人之間，把絹亞的手從母親的衣服上拉開。

「媽，我不是要幫愛美珂她們說話，我只是對妳的假設有些疑問……為什麼狗會死？狗是在絹亞端起杯子之前喝酒的耶。」

「那隻狗大概是吃了殘留在『下游』的砒霜吧。」

「如果『下游』殘留著砒霜，之前喝酒的愛美珂不是也會死嗎？」

「翠生啊，毒藥的致死量是由體重決定的。那隻狗是可愛的『小型犬』，所以就算毒藥的分量不會影響到人類，也有可能把狗毒死。

如果只放了一人份的毒藥，當然毒不死後來喝酒的愛美珂，但狗就不一定了。而且那隻狗也不見得是被砒霜毒死的，或許砒霜只是次要的原因，酒精中毒才是主因。」

「這樣的確能解釋狗為什麼會死……但是，媽，三個人同時殺人是不是巧合過頭了？」

「這個嘛……一開始可能只是新娘計畫殺人，但絹亞發現了她的毒藥，想要偷出來用用看，然後愛美珂看見妹妹偷了砒霜，也趁機計畫殺死哥哥……就像連鎖反應一樣，殺意引起了其他殺意。『殺意的連鎖』……這聽起來還真像是懸疑連續劇的煽情標題。」

現在的情況應該說是「假設的連鎖」才對……應該制止這種連鎖反應的偵探角色卻什麼都做不了，真是急死人了。

扶琳再次看看旁邊，發現八星又不見了，找了一下才看到鋼琴下有個穿著短褲的屁股。是因為窗邊太危險，他才躲到那裡去嗎？

絹亞「嗚」的一聲哭了出來。

「什麼嘛，混帳……都那麼久的事了還要拿出來翻舊帳……都說我已經改過自新了嘛……我連頭髮都染回黑色了……」

穿著紅色運動服的絹亞哭得滿臉鼻涕眼淚，不甘心地咬緊牙關。

「你們從剛才就一直把我當成罪犯……要這樣說的話，同樣的事……」

她伸手指著某個方向，大喊：

「那個人也做得到吧！」

站在那裡的是黑頭髮大眼睛的可愛女孩——雙葉。

＊＊＊

「咦？」

這句話猶如晴天霹靂，被指到的少女嚇得睜大眼睛。

「咦？」

她指著自己左顧右盼，一副不敢相信的樣子。

「咚！」的一聲，鋼琴底下發出沉重的撞擊聲。八星大概是急著站起來，結果撞到了頭。

「我……我沒有做啦！」

「誰知道啊！狗闖進來的時候，妳不是也衝過來了嗎？還用身體蓋住杯子！所以妳也有機會下毒！」

「我、我……」

「那隻狗一定是妳故意叫來的！那是妳養的狗，妳當然知道要怎麼操縱牠！而且妳在合飲之前也碰過杯子！所以說……只要妳和新娘勾結，老太婆剛剛說的方法妳全都做得到！」

「我、我……絕對沒有做過那種事！我根本沒理由那樣做！」

「怎麼會沒有理由？」

絹亞壓低語調，一張稚嫩的臉龐變得凶狠無比。

「就是為了錢啊！」

雙葉被她的魄力震懾得後退幾步。

「若說是因為錢，那就很合理了。妳接下這份工作本來就是為了紅包吧？只要新娘拿錢引誘妳，問妳『想不想賺零用錢』……」

「怎麼會……我才不會為了錢就殺人……」

「我又沒說她叫妳去殺人。或許新娘騙妳『這只是惡作劇』，妳根本不知道那是砒霜……這麼說來，那隻狗還真可憐，牠是因為我給牠喝酒才死的。不過妳可別怨我，事情都是妳自己搞出來的。」

雙葉肩膀顫抖，「嗚」地哭了出來。她手上緊握著愛犬的項圈，淚水如斷線的珍珠不停掉落。

相較之下，絹亞哭得像猴子一樣醜。她猛然轉頭，望向附近的表哥。

「怎樣啊，翠哥？我說得沒錯吧？」

「這是『**故意縱狗論**』嗎……聽起來挺有說服力的。難得妳說得出這麼有條理的話。」

此時八星從鋼琴底下爬了出來。

「呼。終於整理好了……」

這小鬼似乎想清楚了。他站了起來，不理會周圍大人們的騷動，慍吞地伸了懶腰，拍拍衣服上的灰塵。

然後他走向雙葉，眼睛盯著別處，對那啜泣的女孩僵硬地遞出手帕說「拿去用吧」。

「聯……我不是凶手……」

「我知道。」

他還是不敢直視她。這該不會是他的初戀吧？

如果少女這副楚楚可憐的模樣是演出來的，那就更有趣了。八星絲毫沒有意識到扶琳的幻想，轉過身去，露出堅定的表情走到眾人中間。

他把筆記本夾在腋下，雙手插在口袋裡，嘴巴緊抿，慢慢地環視眾人。

「嗯……各位，不好意思，你們的假設全都錯了。」

第八章

遙遠的蟬鳴聲在夏天的客廳裡迴盪著。

「……喔？」

翠生第一個做出反應。

「真有趣，剛才那句臺詞聽起來還挺像偵探的。」

「我本來就是偵探。」

八星冷冷地回答，然後挺直身體，攤開筆記本舉到臉前。

看了一陣子，他不知為何又啪的一聲闔起筆記。

「怎麼了？」

「……寫得太潦草了，看不懂。」

這答案真是令人脫力。

「無所謂，我全都記在腦袋裡了。我說啊，雖然你們提出了各式各樣的假設，但我只要用一個論點就能全部推翻。那個論點就是……」

他把筆記本放在鋼琴上，從腰包裡掏出一疊紙牌，像扇子一樣攤開，從中抽出一張。

「被用來下毒的是『新娘的砒霜』。」

他對眾人展示手上的紙牌。標題寫著「永恆的愛」，下面畫了一隻穿著新娘禮服的殭屍。

眾人都聽得一頭霧水。

「用的是新娘的砒霜……這算什麼反證，根本是證明新娘殺人的有利物證吧？而且現在不是還沒確定殺人用的砒霜是新娘皮箱裡的那種嗎？」

「關於你的第二個問題，砒霜是不是同一種的確要等警方分析完畢才知道，但是新娘的砒霜有減少的痕跡，而且大家的假設都是以使用新娘的砒霜為前提，所以我還是維持當初的說法，先把砒霜視為同一種。這樣沒問題吧？

那麼，為什麼『使用的是新娘的砒霜』可以做為反證呢……」

八星又抽出一張紙牌。

「因為這件事很明顯地表現出凶手『栽贓嫁禍』的企圖。」

紙牌的圖案是一群穿黑袍的人圍著魔法陣，中間有一隻被插在竿子上的山羊。標題直截了當地寫著「代罪羔羊」。

翠生皺著眉說：

「凶手『栽贓嫁禍』的企圖……？」

「沒錯，凶手設下計謀，想讓其他人被當成凶手。

新娘非常小心地看守自己的砒霜，而砒霜的買賣是有管制的，如果不怕身分曝光，大可去外面買，只要說是拿來毒老鼠的就好了。凶手之所以要去偷新娘嚴密看管的砒霜，是不想讓人從店家循線抓到自己，也就是說，這是為了掩飾自己的罪行。」

「……如果凶手就是新娘呢？或者凶手在新娘搬來之前就偷了砒霜，那時她可能還沒防守得這麼緊。」

「如果是新娘做的，她應該會把瓶子處理掉。她在婚禮前一天還出過門，要湮滅證據的話一定做得到。

她沒有丟掉瓶子可能有兩種理由：第一是她本來就打算要認罪，第二是為了『製造砒霜被偷的假象』。既然新娘現在否認下毒，理由一定是後者，也就是說，『新娘打算嫁禍給別人』。

依照絹亞小姐的目擊證詞，新娘在剛搬進宅邸時『曾經把砒霜的瓶子拿出來看』，而且新娘又說瓶裡的砒霜『減少了』，所以如果有人偷砒霜，一定是她搬來之後的事。」

說到這裡，八星停了口，按住喉嚨，問著「對不起，可以給我水嗎」。

絹亞惡言惡語地罵道「你去喝自己的尿吧」。坐輪椅的中年女性推著車輪靠近八星——那是新娘的姑姑時子。

「給你……拿去喝吧。」

時子漠然地將一小瓶綠茶塞給八星，又推著車輪回到客廳角落。八星朝著她的背影點頭致謝，確認寶特瓶沒被開過，才打開瓶蓋咕嚕咕嚕地喝下去。

他吐出一口大氣，用手背抹抹嘴。

「……無論兇手是不是新娘，使用新娘的砒霜都是為了『**嫁禍給別人**』。也就是說，這個『跳號殺人』是嫁禍的詭計……這樣想是最合理的。這種『跳號殺人』看起來就像『不可能犯罪』，所以我一開始以為兇手只是故弄玄虛，讓案情陷入膠著，但是能想到的解釋也太多了，如果兇手的目的是嫁禍，就說得通為何會有這麼多種解釋了。

既然如此，事情就簡單了，只要把不符合『嫁禍企圖』的人一一排除就好了。這就是我接下來的推理方針。」

扶琳忍住一個哈欠。這就是他的「切入點」嗎？他囉哩囉嗦地講了這麼久，簡而言之，就只有一句「**兇手為了嫁禍而使用了新娘的砒霜**」嘛。

這麼簡潔的一句話有必要搞成長篇大論嗎……真是煩死人了。

「我現在就來推翻全部的假設。」

八星成竹在胸地說道，把整疊紙牌從右手啪啦啦地撒到左手。

「首先是翠生先生的假設——愛美珂小姐把毒藥抹在杯子的『下游』，殺害了三個飲酒順序是奇數號碼的人，這就是『**奇數號碼殺人論**』，或者說是『**愛美珂獨自作案論**』。

愛美珂小姐在婚禮前一天有機會偷走毒藥，婚禮當天也碰過杯子，有很多機會可以下毒。但如同我剛才所說，重點是『愛美珂小姐打算嫁禍給誰』。依照先前討論出來的結果，有嫌疑的是愛美珂小姐、翠生先生、新娘、絹亞小姐、雙葉這五個人，但是新娘和絹亞小姐在端杯子時差點跌倒是『無法事先預測』的，翠生先生會不會去照顧受害者『也不確定』，若是無關的旁人跑去照顧受害者，她就沒辦法編出殺人的動機了，所以愛美珂小姐不可能在事前計畫要嫁禍給這三人。

所以說，她唯一能嫁禍的對象只有照著婚禮程序行動的雙葉。

但是，要說愛美珂小姐想嫁禍給雙葉，她的行動卻有很大的矛盾。」

「矛盾？」

翠生反問道，八星點頭回答：

「是的，因為愛美珂小姐聲稱自己『喝了酒』。如果愛美珂小姐要讓雙葉被當成凶手，最簡單的方法就是把『**奇數號碼殺人論**』的執行者換成雙葉。只要雙葉從新娘那裡拿到砒霜就能做到這個殺人計畫，但是這麼一來就會產生一個問題……」

「愛美珂也會死。」

八星點頭說：

「沒錯。愛美珂小姐有一個方法可以迴避這個問題，那就是說『自己沒有喝酒』。既然愛美珂小姐前一天身體不適，她大可拿這件事當成不喝酒的藉口。只要她說出這句話，雙葉就成了執行這個詭計的嫌犯。實際上的情況是怎樣呢？她不只沒有這麼做，反而強調自己『喝了酒』，這等於是在加深自己的嫌疑。

此外，愛美珂小姐也預測不到狗會突然跑進來，所以她不可能事先計畫好要利用這件事嫁禍。所以她等於是親手毀了嫁禍給雙葉的唯一機會，這和凶手『嫁禍』的企圖顯然有矛盾。」

翠生把手伸向小桌子，再次拿起了玻璃杯。

「……或許愛美珂是在知道我們也有下毒的嫌疑之後才改變了嫁禍的對象。」

「有可能嗎？我們在錄影畫面裡看到了愛美珂小姐在合飲的時候『發出聲音啜飲』，這等於是在表明自己『喝了酒』。當時她還料不到狗闖入和翠生先生照顧受害者的事，如果她打算嫁禍給雙葉，絕不可能故意做出這種舉動。」

「或許她想到了其他下毒的方法……」

「重點是，她『至今都沒有舉出其他下毒的方法』。既然要嫁禍，一定要選擇大家都想得到的下毒方法，否則可能根本沒人注意到被嫁禍者的嫌疑。假使她若無其事地指出來，反而會讓人覺得為什麼她想得到這麼不尋常的下毒方法。而且她如果想到其他下毒方法，為了洗清自己的嫌疑，她鐵定早就說出來了。」

八星一邊洗牌一邊觀望著周圍的大人們。

「……你還有什麼要反駁的嗎？」

翠生沉默不語。八星又點點頭說：

「看來是沒有了。那麼第一個反證就結束了，我來整理一下剛才的論證……」

八星又借了俵屋家的平板電腦，用裡面的編輯軟體劈里啪啦地打起鍵盤。

・第一個假設的反證

【假設名稱】

奇數號碼殺人論／愛美珂獨自作案論

【提出者】

翠生

【假設的概要】

愛美珂在準備酒器的時候將砒霜抹在杯中銀白色之處，殺害飲酒順序是奇數號碼的人。

【假設的詳情】

愛美珂在婚禮前一天趁新娘外出時偷了砒霜。動機是兄妹吵架，連新郎父親和新娘父親一起殺害是為了模糊殺人動機。狗因為舔到杯子裡的銀白色部分而被毒死。

【反證】

①使用了新娘的砒霜卻不處理掉小瓶子，可見凶手企圖「嫁禍給某人」。

②有下毒嫌疑的是事前準備酒器的愛美珂和雙葉、在傳遞過程摸過酒杯前端的新娘和絹亞、事後照顧受害者的翠生。

③愛美珂無法事先預料新娘、絹亞、翠生的行動。

④因此愛美珂可能嫁禍的對象只有雙葉一個人，為此她應該聲明自己「沒有喝酒」，實際上她卻說「喝了酒」。

⑤愛美珂的行動不符合「嫁禍給某人」的企圖，因此假設不成立。

每個人都拿到了一張影印紙。這是用無線傳輸列印出來的，大概是幫傭婦去其他房間拿來的。

扶琳真想吐槽，現在是在上課嗎？

「有疑問隨時都可以提出。我要繼續說下去了，第二個是……」

他緊鑼密鼓地提出接下來的證明。

「愛美珂小姐的假設——受害者本來只是假裝中毒，翠生先生趁著照顧之時才毒死他們，而砒霜是紀紗子太太偷來給他的。這就是『**時間差殺人論**』，或者說『**翠生、紀紗子合謀論**』。

問題是，他們打算嫁禍給誰？他們同樣無法預料『傳遞途中跌倒』和『狗闖入』的事，所以嫁禍對象必定是可以預料到在事前會碰到杯子的愛美珂小姐和雙葉。

要說他們打算嫁禍給愛美珂小姐，就會產生一個疑問：他們何必特地去偷新娘的砒霜？畢竟『自己家的倉庫裡就有砒霜』，而且『俵屋家每個人都知道倉庫門鎖的密碼』，他們想拿的話一定拿得到。

倉庫裡的砒霜更容易得手，也更容易賴在愛美珂小姐的頭上。或許可以解釋成紀紗子太太是為了避免提高自己的嫌疑所以不用倉庫裡的砒霜，不過，在打算嫁禍給愛美珂小姐的情況下，紀紗子太太就算去偷新娘的砒霜也不會減少自己的嫌疑，如果愛美珂小姐偷得到砒霜，紀紗子太太自然也偷得到。既然他們特地選擇比較難拿到的新娘的砒霜，可見他們的目標一定不是愛美珂小姐，而是雙葉……」

八星停下來喘口氣，用綠茶潤潤喉。

「不過這樣又會產生另一個問題：如果他們的目標是雙葉，為什麼紀紗子太太要說『坐在我旁邊的女兒發出聲音啜飲好幾次』，強調愛美珂小姐真的喝了酒？若是愛美珂小姐喝了酒之後平安無事，就表示『執行**奇數號碼殺人論**的不可能是雙葉』。翠生先生和紀紗子太太無法預料狗會闖進來，如果他們想要嫁禍給雙葉，絕對不會作證說愛美珂沒有喝酒，而是該說她就算喝了酒也只是喝了一點。那句強調『真的喝了酒』的證詞和『嫁禍』的企圖顯然有衝突。

也就是說，不管翠生先生和紀紗子太太打算嫁禍給愛美珂小姐或雙葉，他們的舉止都有矛盾之處，因此這個假設不能成立。」

好一陣子都沒人做出反應，或許他們根本還沒聽懂八星的反證。

愛美珂看到自己的假設被推翻一定很不甘心，所以還是努力地反駁。

「可是……就像剛才翠生表哥說的一樣，會不會是翠生表哥他們事後才變更嫁禍的對象呢？譬如他們本來想嫁禍給雙葉，後來卻把矛頭轉向我……」

「應該很難吧。這和妳的情況不一樣，因為他們是『兩人合謀』，不能自做主張地改變計畫，如果中途要改變計畫，一定得先和對方討論。

但是事情發生後，紀紗子太太的身邊一直有愛美珂小姐和絹亞小姐陪著，她完全沒機會和翠生先生討論。

既然如此，就只能依照原定計畫進行，這樣還是無法避免證詞的矛盾。再補充一點，如同剛才說過的理由，他們也不可能想到其他下毒的方法。」

八星唰唰唰地洗著牌。

「沒問題了吧？那我要再來做整理了……」

他又風馳電掣地打起鍵盤，列印出來。

・第二個假設的反證

【假設名稱】

時間差殺人論／翠生、紀紗子合謀論

【提出者】

愛美珂

【假設的概要】

受害者一開始只是假裝中毒，翠生趁照顧之時才真的殺了他們。砒霜是紀紗子偷來給他的。

【假設的詳情】

紀紗子在婚禮前一天趁新娘外出時偷了砒霜。翠生利用正造假裝中毒的計畫，在照顧之時才真的殺害這三人。

動機是為了讓兩人可以雙棲雙宿，也是為了讓紀紗子能自由地花用家裡的錢。正造想要把場面搞大，所以找了廣翔和一平加入，翠生為了隱藏正造的計畫，連另外兩人和狗都一起殺了。

【反證】

①（如前所述）凶手的目的是嫁禍。
②（如前所述）嫌犯共有愛美珂、雙葉、新娘、絹亞、翠生這五人。
③翠生和紀紗子無法預料新娘和絹亞的行動。
④所以這兩人會嫁禍的對象應該是雙葉或愛美珂。

⑤如果目標是愛美珂，不使用倉庫裡的砒霜很不合理。
⑥如果目標是雙葉，紀紗子說「愛美珂發出聲音啜飲好幾次」，強調她真的有喝酒也很不合理。
⑦不管兩人打算嫁禍給愛美珂或雙葉，他們的舉止都有矛盾。
⑧所以翠生和紀紗子不符合凶手嫁禍的企圖，假設不成立。

「……聯，你知道好多難懂的詞彙喔。」

雙葉一邊看著影印紙，一邊佩服地說道。

「下次教我國語吧。」

「咦？啊、那個、好……好的，等一下我再給妳聯絡方式。呃，不好意思，我要繼續說了。接下來，第三個是……」

這小鬼被天真少女不經意的吹捧弄得手足無措，他用力拍拍自己的雙頰，激勵自己振作起來。

「光江太太的假設——這不是一樁凶殺案，而是三樁凶殺案同時發生，也就是說，愛美珂小姐謀殺了新郎，新娘謀殺了新郎父親，絹亞小姐謀殺了新娘父親。這就是『**前一位行凶論**』，或者說『**愛美珂、新娘、絹亞三人作案論**』。

和剛才的情況一樣，這裡的重點也是『三人分別打算嫁禍給誰』。

這次的問題是『新娘和絹亞小姐沒有嫁禍的對象』。如果新娘要指控雙葉或愛美珂小姐執行了『奇數號碼殺人論』，她一定得在事前就知道新郎會死。這一點絹亞小姐也一樣。

如果這三個人是共犯，絹亞小姐的行為就有問題了，因為她在狗闖進來之後『故意讓狗舔了杯子』。如果之後『狗沒有死，新娘父親卻死了，就表示在杯中下毒的人一定是絹亞小姐』。

所以就算說這三人合謀，還是不符合嫁禍的企圖。」

絹亞呆呆地張著嘴巴。

「喔喔。這樣啊。原來如此。呃……」

她看看上方，又看看下方。

「所以說……這是什麼意思？」

翠生插嘴說：

「絹亞，他的意思是妳如果沒讓狗喝酒，就能把殺死新娘父親的嫌疑『推給前面的人』。」

翠生向八星借了筆記本和筆，寫了一些字。

給狗喝酒↓絹亞端杯子↓新娘父親中毒

「照這順序來看，如果狗沒有死，而新娘父親死了，下毒的人鐵定就是妳。

若是狗沒有闖進來，妳就可以說是前面的人在杯中下毒才把新娘父親毒死的，譬如『新娘在銀白色部分抹了砒霜，愛美珂沒有真的喝酒所以逃過一劫，新娘父親喝了酒就死了』之類的。

可是妳既然故意讓狗喝酒，就沒辦法使用這種藉口了。他的意思就是這樣。」

絹亞盤著雙臂想了一下。

「嗯……這樣啊……我好像懂了。翠哥果然很會解釋。」

看她做出這種反應，其實已經可以把她排除在嫌犯之外了。扶琳體貼地這樣想著，但八星大概只會覺得她是故作天真，不會因此排除她的嫌疑。

「……大家都可以接受嗎？那我再做個整理……」

喀噠喀噠……小小的手靈敏地動著。

・第三個假設的反證

【假設名稱】

前一位行凶論／愛美珂、新娘、絹亞三人作案論

【提出者】

光江

【假設的概要】

殺了新郎的是愛美珂，殺了新郎父親的是新娘，殺了新娘父親的是絹亞。

【假設的詳情】

愛美珂和絹亞各自偷了砒霜。新娘和絹亞都在傳遞杯子的途中把砒霜抹在杯子的銀白色部分。愛美珂的動機是因為和哥哥吵架，新娘是因為被迫結婚而懷恨，絹亞是想要滿足殺人的慾望。狗會死是因為新娘放的毒藥殘留在杯中（不至於影響人體的分量）。

【反證】

①（如前所述）凶手的目的是嫁禍。

②可是在這個假設中，新娘和絹亞沒有嫁禍的對象。

③絹亞讓狗喝了酒，如果狗沒死就表示當時杯中沒有毒，這便成了她對新娘父親下毒的鐵證。

④這個舉動和凶手嫁禍的企圖有衝突，因此假設不成立。

「呼……這樣第三個反證就結束了。最後，第四個是……」

八星先做一次長長的深呼吸，才抬起頭說：

「雙葉故意讓狗闖入，和新娘聯手下毒的假設——這就是『**故意縱狗論**』，或者說『**雙葉、新娘合謀論**』。

依照這個假設，新娘和雙葉無法預料翠生先生和絹亞小姐的行動，所以她們能嫁禍的對象只有愛美珂小姐，但最大的問題是『新娘不給任何人偷砒霜或掉包的機會』。如果新娘想嫁禍給愛美珂小姐，一定要製造機會讓愛美珂小姐或可能是她共犯的人在事前偷走她的砒霜，或是在事後調包砒霜，但新娘一整個星期都關在自己的房間裡，事發之前她一刻也沒讓皮箱離開過自己的視線。」

「她在婚禮前一天不是有出門嗎？」

絹亞理所當然地提出了反駁。

「新娘前一天的確有出門，而妳們母女三人就是在這段時間回來的。但是妳們回家前一天妳們三人都說很晚才會回家，所以『預定晚上六點回家的新娘應該是最早到家的』。也就是說，如果妳們三人沒有因為身體不適、和男友吵架、上課遲到等理由而提早回來，『就沒機會偷走新娘的砒霜了』。『都是因為意外的狀況』。

新娘不知道事發之後『誰會留在家裡』，所以事後也沒有掉包的機會。幫傭婦留下來看家只是偶然，更有可能的是全員都去了醫院，然後直接被警察問案。

與其寄望這麼不可靠的方法，還不如事先製造機會讓人偷走砒霜。所以這也不符合嫁禍的企圖，因此假設不成立。」

八星懶得再等大家做出反應，直接行雲流水地打起字來。幫傭婦想必也習慣了，還沒等八星開口就跑去其他房間拿影印資料。扶琳走到八星身後，偷瞄他打出來的文章。

·第四個假設的反證

【假設名稱】

故意縱狗論／雙葉、新娘合謀論

【提出者】

絹亞

【假設的概要】

雙葉故意放狗闖入，和新娘聯手下毒。

【假設的詳情】

新娘把砒霜交給雙葉，雙葉趁著準備酒器的時候下毒殺死新郎，新娘在傳遞杯子的途中下毒殺死新郎父親，雙葉又趁著狗闖入的時候下毒殺死新娘父親。

新娘用金錢引誘雙葉，並且用假的理由騙她加入，雙葉看到鬧出人命，就不敢說出真相了。新娘的動機和第三個假設一樣，都是因為被迫結婚而懷恨。狗會死是因為吃了雙葉放的毒藥。

【反證】

①（如前所述）凶手的目的是嫁禍。

②如果新娘想嫁禍給別人，一定要讓別人有機會在事前偷走她的砒霜，或是在事後調包砒霜。

③但新娘在事發之前不讓任何人有機會偷走皮箱裡的砒霜（新娘沒有預料到前一天愛美珂小姐等人會提早回家）。

④事後會有誰留在家裡也無法預料，所以無法調包。

⑤新娘的舉動不符合嫁禍的企圖，因此假設不成立。

整理完第四個假設之後，八星一邊打字一邊說：

「……還有一個假設，就是我最初說的『**全員共犯論**』，也順便一起推翻吧。這次比較簡單，既然全員都是共犯，就沒有嫁禍的對象了。硬要說的話，只能嫁禍給翠生先生，但他沒有別人幫忙的話不可能偷得到砒霜，而所有能偷到砒霜的人都包含在共犯之內，所以沒辦法找到代罪羔羊。」

・第五個假設的反證

【假設名稱】

酒中含毒論／全員共犯論

【提出者】

八星

【假設的概要】

砒霜直接加在酒裡，除了受害者之外每個人都只是假裝喝了酒。

【假設的詳情】

省略。

【反證】

①（如前所述）凶手的目的是嫁禍。

②（如前所述）嫌犯共有愛美珂、雙葉、新娘、絹亞、翠生這五人。

③因為全員都是共犯，只能嫁禍給翠生，但翠生又無法靠自己偷到砒霜。

④沒有嫁禍的對象，因此假設不成立。

最後八星輕輕點一下螢幕，幫傭婦拿了一疊影印紙回來。雙葉接過來看完之後，就快步跑向八星，緊緊地抱住了他。

「……謝謝你，聯。你真的說到做到，證明了新娘的清白。」

八星整個人僵住。他比少女矮了一顆頭，看在旁人眼中就像一對感情融洽的姊弟。

不過這小鬼也真是的，賺不到半毛錢的工作何必這麼賣力。扶琳滿心鬱悶地看著影印資料，少女終於放開手，八星也漸漸恢復正常，他大夢初醒地左右張望，臉突然紅得像煮熟的螃蟹，還試圖用咳嗽掩飾害羞。

「就這樣，『**愛美珂獨自作案論**』、『**翠生、紀紗子合謀論**』、『**愛美珂、新娘、絹亞三人作案論**』、『**雙葉、新娘合謀論**』、『**全員共犯論**』，這五個假設都推翻了。也就是說，包括我自己的假設在內，至今大家提出的所有假設全都不成立。」

吱吱吱……客廳裡只聽得見從破掉的窗戶傳進來的蟬鳴聲。

「……這種推理會不會被凶手反過來利用呢？」

翠生一邊喝著酒，一邊露出沉思的表情說。

「我的意思是，凶手或許就是為了『讓嫌疑被推翻』，所以採取了這種不合理的行動……」

「不會的，有三個理由。」

八星立刻否定，一邊豎起了三根手指。

「第一點，『警方不見得會這樣想』。因為我只是碰巧出現在這裡，而且毒殺案件經常造成冤罪，警方用牽強的解釋強迫某人認罪還比較有可能，所以凶手不可能這樣揣測警方的想法。

第二點，這些反證裡含有『當事者無法掌握』的事件。譬如絹亞小姐的反證裡包含了狗闖入的事，這並不是絹亞小姐所能掌握的。

第三點，這個方法雖然可以抹消自己的犯罪嫌疑，卻『無法嫁禍給別人』，因為必須聲明自己做不到這件事。

與其用這麼迂迴又充滿變數的方法來強調自己的清白，還不如簡單地嫁禍給別人就算了。」

絹亞嘖了一聲，把手伸進衣服裡抓抓肚子。

「所以凶手到底是誰啊？」

八星緊抿著嘴巴。

「這個嘛……我不知道。」

「啊？你不知道？」

「是的，我剛才就說過了，完全不知道。我只能確定有可能下毒的是碰過杯子的愛美珂小姐、雙葉、新娘、絹亞小姐，以及照顧受害者的翠生先生，但是若要在五人之中指出哪一個是凶手，就如同剛才的反證一樣，充滿了矛盾。」

「……總不可能沒有凶手吧？」

「當然不可能。」

聽到翠生的喃喃自語，八星彷彿燃起了鬥志，緊盯著前方。

「一定有凶手。這世界上沒有一件事是無法解釋的，就算解釋不了，那也是因為能力不足或不夠努力，像是觀察上的疏忽、對事實的誤解、思考的怠惰等等。」

這孩子雙手握拳，用強硬的語氣說。

「我是不會承認的。我不承認理性的失敗，也不承認有人類智識無法到達的領域，更不承認世界上有所謂的『奇蹟』。無論如何，我絕不承認。」

＊＊＊

現場又是一陣沉默，而且理由和先前不太一樣。

「……奇蹟？」

被翠生這麼一問，八星有點臉紅。

「呃……這是我自己的事，沒什麼大不了的，請不要在意。」

扶琳輕輕吐出一個歪扭的煙圈。

……的確沒什麼大不了的。

只不過是這小鬼奉為師父的人有點詭異罷了。

就是那個「藍髮偵探」。比起調查案件，那傢伙更熱中於證明「奇蹟的存在」。看到從前的師父是這副德行，這小鬼一定在心中發誓絕對不能重蹈覆轍吧。

事實上，那個男人已經試圖證明奇蹟幾十次了，每次都是以慘敗告終。

「我只是還沒檢驗過所有的可能性罷了，畢竟有一些嫌犯的組合還沒考慮過，此外，雖然現在才取消前提有點失禮，但我們確實還不能肯定凶手用來作案的是新娘的砒霜，如果警方分析過後發現兩種砒霜不一致，或許還會出現其他的可能性。

但是……如果兩種砒霜一致，卻找不到其他物證或其他下毒方法，那就……」

八星的表情蒙上了陰影。

「那就只能說是我的論證有錯了……我是不願意這樣想啦，但這樣總是好過承認奇蹟的存在……」

「奇蹟的確存在啊。」

一旁冒出了一句出人意料的反駁。

「聯，真的有奇蹟啊，我昨天才跟你說過，媽媽看到新娘去和美小姐的祠廟拜拜，其實新娘一點都不想跟這個人結婚。

一定是和美小姐顯靈啦。這是和美小姐做的，因為和美小姐想要保護新娘，就實現了她的願望。」

「雙葉……」

稚氣的少女跑到處於暴風圈中的新娘身邊抱住她。從她在旅行時撿回小狗，以及她剛才擁抱這小鬼的舉動，都能看出這個少女有著強烈的保護慾。

「『和美小姐』做的嗎……」

八星凝視著半空思索，一邊洗著牌。

「……這也不可能。」

雙葉用認真的表情發出抗議。

「為什麼？如果是『和美小姐』的話……」

八星也筆直地注視著她。

「如果這是『和美小姐』的庇祐，根本不需要用到新娘的砒霜，只要讓人心臟病發就可以了。而且妳想想，小麥也死在這次的事件裡，為什麼『和美小姐』要殺死和這事完全無關的小麥呢？

我可沒聽說過『和美小姐』也對狗懷著怨恨。就算『和美小姐』不只是憎恨男人，而是憎恨世上所有的『雄性生物』，那也不可能……」

唰的一聲，八星靜靜地洗著牌。

「我昨晚確認過了，小麥是『母的』。」

喔……？扶琳興趣盎然地聽著。

真是個超乎想像的反證。原來那隻狗是母狗……所以這小鬼說得沒錯，就算退讓一百步，承認有「和美小姐」這個可能性，道理上也說不通。

多麼荒誕的案件啊，不只是超乎人類智識，更超乎了天理……

想到這裡，扶琳突然意識到「想了也是白想」，因為本來就不可能有這種「奇蹟」。作案的是人，被殺的也是人。要是扭曲了這永恆不變的真理，這世上哪裡還有什麼真相。

都是因為跟那個「藍髮偵探」相處太久，連我都開始偏離常識了。扶琳露出苦笑，看著眼前的小鬼。這囂張的徒弟表面上拒絕走上和師父一樣的道路，結果還是無法完全拋開「奇蹟」的可能性，真是令人笑破肚皮。那藍髮的傢伙難道會散發腐蝕理智的瘴氣嗎？

也罷……你就好好地努力吧。

扶琳冷冷地看著八星煩惱的背影。除了砒霜的分析結果還沒出來之外，證詞和證據都齊全了。這事當然不是什麼神力造成的，如果你想要勝過你的師父，就得排除萬難找出某人犯罪的證據。

大概很難吧，只要你的目光「還沒看到那裡」……

因為我——姚扶琳——才是凶手。

第二部　葬

《斷想》

夾竹桃浸在夕暮餘暉中，如同橙黑兩色的版畫。

不知不覺已到黃昏。扶琳悄悄溜出令人窒息的客廳，在蛙鳴連連的田間小路漫無目的地走著，不知怎地來到了此處——無名之碑，罪人之墓，新娘的禁地……和美小姐的祠廟。如果被人看到我來這裡，我的立場一定會變得更難堪吧……我明知如此，卻還是覺得「算了，無所謂」，屈膝蹲在路邊。現在就算再增加一點嫌疑也差不到哪裡去，反正我「用自己的砒霜下毒」的嫌疑早就不動如山了。

已經過了一個星期，事情還是沒有進展。後來警方又問了很多事，依然無法鎖定嫌犯的身分，可以確定的是那三個人都是被我小瓶子裡的砒霜毒死的。

此外，雙葉那隻狗的體內也驗出了砒霜，但警方沒有檢驗那是不是我瓶子裡的砒霜，他們大概覺得是一樣的吧。杯子裡也驗出了少量的砒霜，但杯子已經洗過，無法判斷砒霜究竟是混在酒中還是抹在杯子上……

話說回來，那兩人是怎麼回事？

我模糊地回憶著。異常聰明的男孩，以及異常美麗的中國女人。他們是母子嗎……我想多半不是吧。多虧那個男孩努力說服警察，我才沒被當成嫌犯，只被列為重要參考人。

雖然男孩的反證不能徹底洗清我的嫌疑，但其他人也同樣有嫌疑，所以警方還做不出結論。在警察的眼中，那個男孩恐怕跟我們一樣可疑。

他說不定是「和美小姐」派來的使者呢……

我的腦海突然冒出這個孩子氣的想法。應該不是吧，和美小姐不可能幫助我的。因為「和美小姐不可能拿我的砒霜去用」。

如果這是和美小姐的詛咒，那一定不是為了救我，而是為了懲罰沒用的我——不試圖做出任何改變的我，面對不幸的處境卻沒有勇氣賭命抵抗、意志薄弱的我。所以和美小姐才會把責任都丟回來給我。她的審判結果是各打五十大板，但我沒有資格抱怨，因為我沒辦法開創自己的路，所以永遠只能走別人為我準備好的路。

可是，和美小姐連雙葉的寵物都殺死，是不是做得太過火了點……？

我用手抹去沾在她石祠上的汙泥，一邊默默地發出微詞。

就在此時，遠方傳來噗嚕嚕的引擎聲。大概是觀光客搭的計程車吧。我為了讓出路，艱辛地起身走到路肩。

沒多久，一輛貼著漆黑隔熱紙的黑色廂型車發出刺耳煞車聲，停在我的面前，接著側滑門開啟，一隻戴著白手套的手伸了出來。

第九章

事情過了一個多星期。

如同扶琳所料，警方的調查陷入了膠著。八星的攪局多少帶來了一些影響，但大致上還是依她的計畫發展，接下來只要等待適當時機進入最終階段。

她唯一在意的事，就是八星可能會去找「那個偵探」求助。

不過她多慮了，那個偵探為了「調查奇蹟」正在國外出差，況且那個小鬼拚了命地想阻止偵探繼續「證明奇蹟」，所以絕對不會做出任何搧風點火的行為，把這樁可能帶有奇蹟因素的案件丟給他。

扶琳思考著這些事，在自己的公寓裡輕鬆地享受大白天的微醺，此時手機突然響起。

——想不想打工啊？

收到的郵件裡只有這一句中文。寄件者的信箱除去@以後的文字，是「queenmother-of-the-west-610」。queen mother of the west——西王母。

扶琳皺起眉頭。雖然很不情願，但她確實認識有著這種奇怪綽號的瘋女人——宋儷西。她是扶琳以前的工作夥伴，兼具了天仙般的美貌和野獸般的殘酷，簡直就是災禍的化身。

後面加上數字大概是因為已經有人用了同樣的帳號，而數字指的或許是六十。扶琳突然對自己分析這帳號的舉動感到不耐，就立刻打了回覆。

——我拒絕。

才過了幾秒鐘就收到回音。

——是沈老大指名要妳出馬的喔。

扶琳嘖了一聲。沈老大就是扶琳以前待過的黑幫的首領。

——洗錢的那件事我不是處理好了嗎？

——是的，正是如此。這次要交代給妳的不是那種零工，而是老佛爺妳的「正職」。

——我早就金盆洗手了，恐怕無法滿足沈老大的期待。

——妳太謙虛了。老佛爺確實有點發福，但那精湛技術與華麗姿態還是不輸從前，如果妳再穿上那套黑衣站上舞臺，觀眾一定會發出震天價響的歡呼。

——舞臺？難道是要我去酒宴上唱歌嗎？

——差不多，是去當葬禮的孝女白琴。

……葬禮？扶琳歪著腦袋思索。她還在道上混的時候，什麼牛鬼蛇神的宴席都去過，卻不記得何時在葬禮上動過手。順帶一提，老佛爺是她當時的綽號。

——是哪個大人物死了嗎？

——是的，沈老大的家人前幾天過世了……因為有封口令，我不方便多說，其他的事等妳見到沈老大再問吧。那麼老佛爺願意接受這件工作嗎？

——好吧。

扶琳心不甘情不願地回答。既然是以前的老大要求的，她就不好拒絕了。

——感謝妳讓我保住了顏面。那麼請快點坐上門外的禮車……

「門外的」禮車？

叮咚一聲，門口的對講機響了起來。扶琳望向小螢幕，那裡站著一位肌膚白皙勝雪，穿著半透明白色刺繡上衣的女人，她對著鏡頭露出微笑，搖搖手上的白扇當作打招呼。

她根本是有備而來，竟然還演了這場鬧劇。扶琳還沒出門已經覺得累了，但她只能無可奈何地打開門鎖。

＊＊＊

禮車開到東京港某個碼頭，一行人在那裡改搭小型遊艇出海。

難道是海葬嗎？扶琳正這麼想著，就看到前方有一艘渡輪，她本來以為會場在那艘船上，結果只是轉乘罷了。扶琳等人上了那艘渡輪，繼續駛向大海。

沒過多久就離開了日本領海。扶琳在客艙裡一邊喝著紅酒，一邊耐著性子聽儷西閒聊，好不容易到達目的地。她一走上甲板，就看見前方停著一艘更大的遊輪，船身用英文字母和繁體中文寫了船名……這大概是沈老大的船吧。

放眼望去盡是無邊無際的海洋。扶琳承受著強風吹襲登上遊輪，發現裡面比想像的冷清，雖是一艘大到誇張的郵輪，卻沒有幾個乘客，簡直就像幽靈船。

扶琳隨著幾位船員和儷西下了樓梯，她一邊走一邊嫌惡著前面那女人散發出來的白檀香味，接近主樓層時，她聽見了吟詠的聲音。伴隨著琵琶的輕柔演奏，充滿愁緒的吟詠——是一首唐詩。

曾經滄海難為水，
除卻巫山不是雲。
取次花叢懶回顧，
半緣修道半緣君。

（一旦看過大海的浩瀚，就不會再因河川而感動；
一旦看過巫山的雲雨，就覺得其他地方的雲雨都不足為奇。
即使走在繽紛花叢中，我也懶得回頭多看一眼，
一半是為了修身養性，一半是因為我滿心思念的都是妳。）

「……是〈離思〉嗎？」

「啊？」

大概是發音有點像吧，儷西聽成自己的名字，驚訝地回頭，但扶琳懶得解釋，只是沉默以對。這首〈離思〉是中唐詩人元稹的作品，描寫他對亡妻的思念。沈老大現在應該沒有配偶，所以死掉的大概是情人吧。

「葬禮已經開始了嗎？」

「還沒，葬禮是明天下午，現在可能只是在彩排吧……」

「彩排？搞得這麼隆重……」

「的確如此，還邀請了各界的大老和重要人士。」

所以才要準備表演嗎？

扶琳現在才知道為什麼自己會被叫來。明天的葬禮鐵定會變成世界變態大會師。

主樓層的燈有一盞沒一盞地亮著，一行人在昏暗中穿過如餐廳般擺滿桌子的空間，來到了看似劇場的大廳。

這個空間大到足以容納上百人，紅地毯上擺著圓桌當成觀眾席，最後面是個大舞臺，布幕目前是拉下的。

舞臺延伸到觀眾席裡，最前端打著聚光燈，吟詠的聲音就是從那裡傳來的。那邊有兩條人影，一個是穿著西裝的白人男性，他正深情吟唱著唐詩，旁邊是坐在凳子上聚精會神地彈著琵琶的中國人。

「沈老大，我帶老佛爺來了。」

儷西用中文叫道，琵琶聲赫然停止。

「辛苦妳了，宋儷西。來得好，姚扶琳。」

演奏者回答道，放下琵琶站了起來。高䠷、清秀、沒蓋到後頸的短髮、簡樸的開襟襯衫、緊身長褲……雖然打扮看起來毫無女人味，但她其實是個像蜘蛛一樣獵食男人的天生蕩婦。
沈雯娟。
站在這個幫派頂點的人。
旁邊那個白人男性大概是她的情人吧。沈老大瀟灑地跳下舞臺走來，毫無戒備地靠近扶琳，一手搭著她的左肩，額頭靠在她的右肩。
「不好意思，小姚，上次洗錢的那件事才剛麻煩過妳，現在又把妳給找來，妳明明已經金盆洗手了……」
雖然都是女人，她那充滿魅惑的甜美嗓音還是令扶琳不禁冒起雞皮疙瘩。
「……只要沈老大有事吩咐，我隨時候命。到底是哪位過世了？」
「是冰妮。」
「冰妮？」
「我的愛妾。雖然外表冷若冰霜，但她對我情深意切，抱在懷中時又會變得熱情如火……我這輩子恐怕再也遇不到比她更迷人的對象了。」
「這位愛妾是怎麼了……？」
「她被人給殺了。」
「被殺了？是誰幹的？」
「我已經抓到幾個可疑的人，準備在明天的葬禮上宰了凶手來祭奠冰妮，但目前還不確定是其中哪個人幹的。」

「那麼……」

「是啊，我想要借用妳問話的本事，在葬禮開始之前找出下手的人。如果不查清真相，冰妮也沒辦法走得安心吧……」

沈老大舉手打了個信號，布幕隨即拉開。扶琳漫不經心地看著舞臺。對了，聽說這女人過了三十歲之後就變得男女通吃，所以她有愛妾也不是奇怪的事。

紅色布簾之間出現了一個巨大的祭壇，後面是白色簾幕，前面放著棺材，四周圍繞著堆積如山的鮮花，而祭壇中央聳立著一幅如壁畫般的巨大裱貼相片。

一看到那張遺照，扶琳頓時屏住呼吸。

「喂……儷西……」

她艱辛地動起咽喉和舌頭，用細微的聲音問道。

「所謂『沈老大的家人』，該不會是……」

「是的，正是如此。」

儷西神態自若地回答。

「遺照上那位就是沈老大的愛妾冰妮。光澤亮麗的毛髮、黑曜石般的眼睛、紅珊瑚似的舌頭……那高雅迷人的模樣真可說是沉魚落雁、傾國傾城。而且她還是身分高貴的金枝玉葉，其族譜可追溯到在慈禧太后的葬儀上為她的靈柩開路的名犬『海龍』，是隻血統純正的北京狗。」

＊＊＊

北京狗!?

扶琳吃驚得差點叫出來。狗……竟然是一隻狗……！那個色情狂，光是人還不狗，竟然玩到狗的身上去！不對，這不是重點，重點是這隻狗竟然就是「那隻狗」！

遺照上的狗怎麼看都是「那位少女養的狗」。扶琳不太擅長分辨狗的長相，但她對那條附著鈴鐺的項圈還有印象。那個叫作雙葉的女孩養的狗，竟然是「沈老大的狗」……？對了，那女孩說過狗是「撿來的」，這只是個巧合嗎……？

「這事我也有責任，小姚。妳之前不是推薦過我日本的一間旅館嗎？今年春天我帶了冰妮一起去，但她大概是到了異國太過興奮，有一天突然失蹤……」

不對，這不是單純的巧合。

扶琳立刻領悟了事情的始末。這是「她自己」搞的，她就是把這間旅館介紹給雙葉母女倆和沈老大的元凶，而且她送給少女的「沉香」正是沈老大喜歡用的東西，再加上那間旅館又是賞梅勝地，要去玩的話當然會選擇春天。

所以事情經過應該是這樣：那隻狗走丟以後，循著沉香的味道找尋主人，發現雙葉她們的車上有相同的味道，就跳了上去……

「我前幾天才接到她的死訊……日本的警察是在給她驗屍時發現了晶片……如果能在她還活著的時候找到就好了，但是這群無能的傢伙……為了向他們復仇，我放出了兩三個貪瀆的情報，但是這樣還不足以讓我消氣……」

……冷靜點。

扶琳努力地告誡自己。

現在可不能驚慌失措露出馬腳。重點是，沈老大是否已經看穿了這是她害的？搞不好沈老大邀請她來就是想要請君入甕……

叩隆叩隆的聲響傳來，好像是在搬運什麼東西。

一個巨大的鐵籠出現在大廳門口，是沈老大的部下們拖來的，裡面關著幾個人，每人的身上都纏著鐵鍊，眼睛和嘴巴都被摀上了。

扶琳雖看不清楚那些人的長相，但她想也知道他們是誰。不知道是怎麼綁來的，這些淪為階下囚的想必就是那件事的相關者：新娘、紀紗子、愛美珂、絹亞、新娘姑姑時子、翠生，以及少女雙葉。

總共七人。

他們每個都昏沉沉的，既不叫也不鬧。大概是被注射了藥物吧。

簡直就像黑市裡販售的奴隸。

「……怎麼了，小姚？」

沈老大在扶琳的耳邊問道。

「……沒有。其實……」

扶琳緊張地嚥下口水。

「我見過冰妮小姐和這些人……」

「妳見過？為什麼？」

「我認識的人家裡養了一隻……有一位神似這位愛妾的家庭成員。我又因為這人的緣故參觀了一場婚禮……我就是在那裡看見他們的。」

「妳說什麼！」

沈老大的雙手按住扶琳的雙肩。

「小姚，就是那裡！我的冰妮就是在那裡遇害的！原來妳親眼目睹了冰妮死去的場面，這是怎樣的緣分呢……」

沈老大環抱著她的脖子，無力地懸掛在她身上。

扶琳馬上提起戒備，不過對方好像只是單純地想要尋求慰藉。她回以溫柔的撫慰，一邊謹慎地觀察著。

這是陷阱嗎？應該不是……剛才的對話感覺不到另有含意，現在沈老大趴在她身上嗚咽的模樣也不像是在作戲，而且她只是在傾訴自己的哀傷，並沒有追問細節的意思。

她大概還沒發現吧……？

一旁傳來喀啦喀啦的聲音。

儷西推來一臺銀色推車，上面放了針、線鋸、拔釘鉗、老虎鉗、鐵耙、針筒、打火機、酒精……像是木匠或牙醫會用的工具整整齊齊地擺放在裝飾華麗的銀盤上。

「那麼，老佛爺，差不多該開始問話了……只能享受一個晚上，真是令人意猶未盡啊。」

看來……真的沒有別的用意。

扶琳看著儷西愉快的笑容，默默地做出了結論。

她要殺俵屋家的人，是因為他們用騙人的投資案害她的公司虧損，還拿洗錢的事來威脅她，但是這件事只有她和之前的社長知道，她對沈老大只說了社長盜用公款的事。

其實前任社長還活著。她事先在懸崖下裝了網子，從半空接住他，再拋下假的屍體。因為沈老大的手下也來見證這場處刑，所以她不得不出此下策，選擇在夜晚動手也是為了隱藏這些機關。

為了讓那個男人做出逼真的表演，她直到把他推下懸崖時都沒有告訴他這個計謀。留著他一條命是因為他還有利用價值，不過那個男人已經逃到國外，如果他被沈老大逮到了，負責監視的人應該會通知她。

就算沈老大真的懷疑她是凶手，也不會玩這種迂迴的手段，而是會直接把她抓來質問。沒事的，還沒有人開始懷疑她。既然如此，現在必須……

儷西彎下身子，從推車下層拿出一些東西。那是金屬漏斗和灑水壺。

「……這次也是用『水』吧？」

扶琳看著她手上的工具。

「不，要用『金』。」

她們兩人從以前就習慣用木火土金水五行來區分刑具的種類。儷西把另一批工具排列在銀盤上，恭恭敬敬地端給扶琳，扶琳心不在焉地從中挑出一把拔釘鉗。「一個就夠了？」扶琳點點頭，那肌膚白皙的女人就彎下柳腰深深一鞠躬。

沈老大伸出食指，指著鐵籠中的一個囚犯。

少女雙葉。

……從她開始嗎？

沈老大的手下把少女從鐵籠中拖出來，扶琳心亂如麻地在旁邊看著。我該怎麼做？要裝傻到底嗎？但是這麼一來她就得挑出一個人，做為自己的代罪羔羊交給沈老大。從目前的情況來看，第一個要犧牲的就是……

少女被拖到舞臺上，還沒想出結論的扶琳也走上階梯，站在少女面前。女孩大概察覺到前方有人，被蒙住雙眼和嘴巴的臉抬了起來。扶琳單膝跪地，輕輕地解開少女臉上的布條。

布條下露出了哭得紅腫的眼睛。或許是已經過了害怕的階段吧，少女露出恍惚的表情呆呆地看著扶琳。

然後她漸漸睜大眼睛。

「……大姊姊？」

她用日語喃喃說道。

「妳是來救我的嗎……？」

儷西的笑聲從背後傳來。

「那麼就請老佛爺先來片指甲吧。」

……可惡。

就在此時。

「慢著！」

稚嫩的聲音在大廳裡迴盪著。

「我絕不容許這種暴虐無道的行為！」

第十章

叫聲在天花板的反彈下嗡嗡作響。

扶琳抬頭一看，在不高的二樓觀眾席裡有一個小孩的身影，他右手拿著打火機，左手抓著一支筒狀物，從欄杆的縫隙中瞪著舞臺。

八星。

「沈雯娟！快點把妳抓來的人放了！否則我就要引爆炸藥！」

啪的一聲，打火機從八星的手中飛出去。

是一支白扇。如蝶翼般展開的扇子像燕子一樣橫空飛來，打落小鬼手上的火苗，二樓同時出現一條飛奔的白影。是儷西，她大概是踩著桌子或什麼東西跳上了二樓吧。

八星急忙把手伸進斜掛包，卻被蹲低的儷西用一記肘擊打中腹部。孩子悶聲彎下了腰。接著儷西飛腿踢出，把小鬼連同欄杆一起踢落。木材應聲斷裂，嘩啦啦地落在地上。

八星趴在碎裂的桌子上按著背呻吟。

白影隨即飛降在八星的身旁。儷西瞥了小鬼一眼，用撿回來的白扇遮著嘴，若無其事地走回來，途中還被飛舞的塵埃嗆得咳嗽。

「這小子是打哪來的？」

沈老大一問，她身邊的白人男性就用對講機向某人確認。

「雷達顯示附近沒有其他的船，大概是從搭載嫌犯的船上混進來的吧。」

「日本的警察有動靜嗎？」

「沒有異狀。這孩子想必是單獨行動。這裡是公海，警方應該還沒掌握到這些人的行蹤。」

扶琳垂下了握著拔釘鉗的手，和儷西擦身而過，走向摔在地上的八星。她站在痛苦地躺在碎木板之間的孩子前方，面無表情地望著他。

「扶琳……小姐……」

八星抬起掛彩的臉，用日語問道。

「妳……怎麼……會在……這裡……？」

「為了人情世故。我要先問你一件事，『那個男人』也來了嗎？」

「拜託妳……救救雙葉……她是無辜的……」

「現在是我在發問。你的師父是不是也躲在船上？」

「師父……不在這裡……」

八星咬緊牙關。

「他還在國外……因為事態緊急……我已經把手上的資料全給他了……」

他不在這裡嗎？

沈老大的大批手下從門口湧進來，圍住了八星，將他的雙手綁在身後。八星在一群壯碩的男人手中掙扎，一邊還扭頭朝著扶琳大喊：

「扶琳小姐！他們是無辜的！拜託妳說服沈雯娟放了雙葉他們……！」

扶琳啣起空菸管，默默地看著八星。很遺憾，她不能答應這個請求。如果那些人平安無事，她的麻煩就大了。

「扶琳小姐……」

她若想要躲過這一劫，就得獻上祭品。既然那個偵探不在，至少不用擔心真相馬上曝光，但自己的處境還是很危險，一定要把罪名推給其中某個人。

「扶琳小姐……」

她和這小鬼的對立已是無可避免。現在只能叫他自己去擦自己的屁股了，誰叫他要單槍匹馬溜進來，他以為這是只靠一根炸藥就能對付的敵人嗎？如果叫不動日本的警察，至少也該抱著同歸於盡的覺悟把船上的機械……

「扶琳小姐！我最後一次跟師父聯絡時，他很肯定地說了，這件事是『奇蹟』！也就是說，這樁案件沒有『凶手』！如果用任何理由去處罰某人，那都是冤枉的！」

扶琳拿著菸管的手頓時僵住。

……什麼？

這是……「奇蹟」？

八星咬了一個人的手。

被咬的男人發出一聲哀號，憤怒地揍了小鬼一拳。這大概也是八星計算好的，他被打飛之後立刻爬起，吐出一口血，背著雙手跑向沈老大。

一聲怒吼傳來。白人男性立刻飛身擋在沈老大前方。八星滑壘似地滑過去，張腿跪坐在地，猛然抬頭說：

「沈雯娟！請容我斗膽提出一句諫言！」

他從丹田發出聲音說道。

「妳現在做的事情毫無道義！妳怎麼可以恩將仇報呢！」

扶琳望向沈老大，那位男裝的美女首領翹著腿坐在觀眾席中，她並沒有因這小鬼的冒犯而發怒，只是不解地看著他。

「……小子，你胡說些什麼？」

「我是說妳忘恩負義！老狐不棄生長之丘，白龜猶報毫毛之恩——連狐狸和烏龜都能知恩圖報，為什麼妳身為人類反而背信忘義！」

「背信忘義？你說我嗎？我什麼時候背信忘義了？」

「你現在就是對雙葉背信忘義！她並沒有做壞事，反而還是救了妳愛妾的大恩人！當妳的愛妾迷了路，快要倒在路邊時，就是她出手相救的！妳怎麼可以反咬一口對妳有如此大恩的人！」

「這個小丫頭是拐走我的愛妾、又害她被毒死的大罪人，我殺了她有什麼不對？」

「不是的！雙葉沒有拐走妳的愛妾，而是收留了她！為什麼妳不能理解這份仁心呢？難道妳已經老到無法分辨忠奸了嗎，沈雯娟？」

……蠢貨。扶琳皺起眉頭。在這女人面前提到年齡根本是找死。

「……喔？」

果然，沈老大渾身散發出冰冷的殺氣。

「這句話還真刺耳呢。我確實抵擋不了歲月的沖刷，不過就算我退讓一百步，承認這小丫頭確實『收留』了我的冰妮，她害冰妮被毒死的這筆帳又要怎麼算？」

「這又不是她的錯，應該要歸咎於那個凶手。」

「或許凶手就是這個小丫頭。」

「這是不可能的，我可以證明她的清白。」

幾個手下走了過來，打算抓起這小鬼，但沈老大抬手制止他們，然後把手肘靠在桌上撐著臉頰，微笑著說：

「好，我給你一個解釋的機會，你就用那張能言善道的嘴好好地證明那小丫頭的清白吧，如果你真能做到，我可以考慮饒了她。如果做不到……你要知道，在我面前玩花樣可是大罪，我一定會重重地處罰你。」

八星深深吸了一口氣。

「……感謝不盡，沈老大。」

這突如其來的轉折令扶琳非常吃驚。

……原來如此。這小鬼冒險激怒沈老大，就是為了得到解釋的機會……

玩這種危險的賭局，稍有不慎可是會送命的，他能用這招挽回頹勢，除了膽量夠大之外只能說是運氣夠好了。

這麼一來，扶琳的處境就更不利了。她親眼看過八星洗刷了那七人的嫌疑，如果沈老大接受了他的論點，一定會把懷疑的目光轉向「其他人」。

如果「那個人」遭到懷疑就糟了……

沈老大命令手下解開八星身上的繩索，還有人送上椅子和毛巾，甚至幫他包紮了全身上下的傷。

飲食也一併端了上來，但八星婉拒了那些東西，從自己的腰包裡拿出寶特瓶，喝了一口，然後從另一邊的腰包取出一疊紙牌。

「那麼，沈老大，我現在就開始證明。」

他巧妙地利用紙牌上的圖案，滔滔不絕地說出以前為雙葉等人洗刷罪名的論證。

糟了。扶琳越來越不安。若是讓他證明了七人的清白，她就沒有頂罪的對象了，一定要盡快想個法子……

八星說到一半，沈老大便舉起手來。

「等一下，小子，我要問你一件事，你的證明是以『新娘無法嫁禍給別人』做為前提嗎？」

八星停止了論證。

「……是啊。怎麼了嗎？」
沈老大露出興致盎然的表情。
「靠著這點程度的論證也想跟我抗辯？你以為有幹勁就行得通嗎？」
沈老大搖頭嘆氣。
「小子，你聽好了，這些論點『我們早就討論過了』。我也不是完全漠視法律的，雖然還沒直接問話，但我們已經收集到一切可得的資料，也『大致檢討過所有可能性』了。
所以我知道你剛才的論證有個巨大的漏洞……你說是吧？我的愛人。」
沈老大望向旁邊，被她注視著的白人男性微笑地輕輕點頭。
巨大的漏洞……？
這時八星「啊」了一聲，睜大眼睛看著那個男人，簡直要把他給望穿。
他用日語問道：
「難道你是……艾里奧．博索尼？」

＊　＊　＊

這小鬼認識那個男人？
他們見過面嗎？扶琳再度望向那白人男性。從名字可知他是義大利人，年齡應該還不到三十，面容還殘留著一絲孩子氣，看起來溫和優雅，但那一對濃眉和修短的鬍子卻又充滿了野性。

叫作艾里奧的男人疑惑地歪著頭。扶琳還以為他是聽不懂日語，但他走過去俯視著八星，同樣用日語反問：

「你怎麼知道我的名字？」

八星張著嘴巴盯著他。

「我在師父的相簿裡看過你……照片上的你比較年輕。可是我記得你應該是卡瓦列雷的人啊……」

「師父？那是誰？認識我和卡瓦列雷的日本人……是上笠嗎？」

「是的，就是藍髮偵探。為什麼卡瓦列雷的手下會出現在這裡？」

艾里奧沒有回答這個問題，只是笑著聳肩。

沈老大露出不耐的表情叫道：

「儷西，翻譯一下，我聽不懂那些傢伙說的話。」

儷西匆匆跑過來，挺直身體，在沈老大的耳邊低語。能做護衛又能做口譯，這個女人還真好用。

「……喔。小子，你認識那個藍髮男人嗎？」

她愉快地笑了。

「我也聽過一些傳聞，他好像是卡瓦列雷的宿敵吧。能讓那隻老狐狸這麼頭痛還真不容易，有機會我也想見見他……喔喔，對了，『這個』是卡瓦列雷送給我的賠罪禮。」

沈老大用下巴指著艾里奧說道。

「他之前搞砸了我的買賣，所以送我一些禮物做為補償。話雖如此，我的損失可不是這點小錢和這個義大利男人就能彌補的，不過他的賠罪禮之中還包含了冰妮，我就不再追究了。那可是無價的美人啊……」

卡瓦列雷是一位義大利籍的樞機主教。

他表面上是梵蒂岡羅馬教廷中的虔誠教徒，私底下做的事卻比黑手黨還黑，所以經常和沈老大這類的人物發生衝突。

那位樞機因某些緣故和藍髮偵探結過梁子，所以動不動就來找偵探的麻煩……不過這男人已經是沈老大的人了，他這次應該不是來幫卡瓦列雷做事的。

艾里奧走回沈老大的身邊，沈老大從他背後如蜘蛛絲一般地勾上去，讓艾里奧的臉在她的臉上磨蹭，玩弄著他的鬍髭。

「由你來解釋吧，艾里奧。讓這小子知道自己簡單的腦袋遺漏了什麼。」

艾里奧閉眼沉思片刻，然後緩緩睜開藍色的眼睛。

「遵命。容我秉報。」

他突然說起艱澀的中文，開始陳述。

「這位少年的主張是『負責斟酒的少女和新娘不可能是共犯』。簡單敘述就是這樣：若說新娘是凶手，她卻沒給任何人機會偷走她的砒霜，因此不符合『嫁禍』的企圖……」

艾里奧用機械般不帶感情的語氣淡淡地說著。

「但是，新娘真的沒有製造機會讓人偷走砒霜嗎？」

船內換氣的聲音轟轟作響。

「新娘在婚禮前一天外出，卻把皮箱留在屋內，這和她之前謹慎看管的態度相比太不自然了。」

「沒這回事！她是以為家裡沒有人才留下皮箱的！所以反而該說她是因為有了放下皮箱的機會才會外出……」

「真的是這樣嗎？」

艾里奧反問道，一邊輕輕拉開沈老大纏在他身上的手，然後走向八星。

他一走動，扶琳就看到他的胸前有個東西閃閃發亮。一個劍形的銀墜子。在男人身上所有飾品中，只有這東西顯得特別俗氣。

艾里奧和八星默默對望，過了一陣子，才用通俗的中文說道：

「少年，你叫什麼名字？」

「……八星。」

「八星啊。聽好了，你剛才的反證有一個漏洞。你說『新娘無法預料那三人會提早回來』，但事實不見得是這樣。」

「……為什麼？俵屋家的三位女性提早回家的理由都是新娘預料不到的事，愛美珂小姐是因為身體不適，絹亞小姐是因為和男友吵架，紀紗子太太是因為電車遲到……」

艾里奧默默望著八星。

「在我這個專家看來嘛……」

……專家？

「以為毒藥只能用來毒殺，根本是外行人。」

只用來毒殺……是外行人？

「真正精通毒藥的人就知道要怎麼運用藥物的特性。譬如說，阿托品（atropine）這種神經毒素若是攝取過量會讓人產生幻覺、呼吸困難，甚至造成死亡。但若分量拿捏正確，就能做為藥物使用，像是眼藥水、腸胃藥、麻醉前用藥，還可做為沙林之類的有機磷神經毒的解毒劑。

事實上，阿托品的散瞳作用——放大瞳孔的效果——還曾經被用來掩飾犯罪。一八九二年發生了安娜布卡南（Anna Buchanan）命案，這位女性是被人用嗎啡殺死的，而嗎啡中毒的特徵是『針尖樣瞳孔縮小』，身為醫生的兇手知道這一點，為了不讓警察發覺這是嗎啡中毒，故意使用阿托品讓受害者的瞳孔放大……」

嘩啦啦，八星的腳邊散落了一些東西。

是紙牌。紙牌從八星的手中滑落，他隨即無力地癱坐在地上。

「怎麼會……怎麼會這樣……」

「那麼，這次的案件又是如何呢？最可疑的當然是大妹『身體不適』的事。中毒初期經常會出現類似感冒的症狀，而大妹『在婚禮前一天中午吃了冷凍比薩』，說不定是

『有人在比薩裡下了毒，故意引發這種症狀』。攝取後幾個小時就發作，而且症狀很輕微，過了一晚就恢復了——照這樣看，最有可能的是『食物中毒』。

食物中毒包括竹筴魚和青花魚引起的組織胺中毒、發芽馬鈴薯引起的茄鹼中毒、輕微的沙門氏菌中毒……不過最符合條件的應該是『金黃色葡萄球菌』。

這種細菌經過加熱也不會失去毒性，無味無臭，也很容易保存，而且這種細菌在日常生活環境中就能繁殖，所以很容易弄到。下毒的方法也很簡單，只要把被這種細菌汙染的起司粉灑在比薩上就好了，沒用完的可以在外出時處理掉。」

八星攤在地上縮成一團，艾里奧冷冷地盯著他的背影，過了一陣子才把手插進口袋，轉身走回去。

「所以你的論點是行不通的。八星，你的反證還不夠周全。」

在艾里奧的背後，八星不甘心地捏爛一張紙牌。

哈哈哈哈哈！豪邁的笑聲傳來。

「小子，你就努力反駁吧，我給你一個小時，你想要怎麼狡辯都行。

但是你可別忘了，既然你要證明那小丫頭的清白，就不能留下一絲疑竇。只要她還有些微的嫌疑，就要大刑伺候。」

＊＊＊

地板軋軋作響，船似乎有些傾斜。

大概是海上起了風浪吧。看看天花板，連吊燈也在微微搖晃。扶琳停頓一下，又啣起了菸管。

她找尋著儷西的蹤跡，然後手指一勾，那女人就像小狗一樣跑來，如變魔術一樣用熟練的動作從身上掏出火柴，迅速地點燃再遞過來。

「儷西……那個男人是什麼人？」

扶琳接過火柴，一邊問道。

「妳說那個人啊？他是卡瓦列雷訓練出來的殺手。」

「殺手？他不只是個男寵嗎？」

「就算是凶猛的老虎，馴服之後也能騎著玩。他確實是老大的男寵，但他用毒的手腕也很高明，已經幫老大解決掉好幾個生意上的競爭對手，很會討老大的歡心，不過他受到的寵愛還是不及冰妮小姐的萬分之一……」

所以沈老大並不是把卡瓦列雷送的賠罪禮當成玩具，而是當成工作上的道具嗎？

「可……可是……」

微弱的聲音傳來。八星縮成圓圓的一球，努力地試圖辯駁。

「新娘……怎麼可能會有這種毒藥和知識……」

「她的身上有很多毒藥的相關書籍，而且金黃色葡萄球菌中毒在一般家庭也經常發生，這點程度的知識只要上網就能知道了。」

「但是……新娘什麼時候做了這種手腳……」

「新娘在彩排時是最晚到的，而大妹在那之前已經把比薩從冰箱拿出來解凍，下毒的機會多的是。或許新娘是看到大妹走出廚房，才突然想到這個計畫。」

「那……新娘為什麼要這樣做？」

「當然是為了嫁禍給大妹。如果她是在婚禮前一天才想出下毒的計畫，就得盡快製造讓人偷走毒藥的機會。至於她為什麼突然冒出這個主意，只要當成是婚禮將近導致情緒不穩定就說得通了。」

……沒用的。

扶琳聽著兩人的問答，望著半空吐出白煙。

既然他們想得出這種假設，這點小問題當然早就解決了，再說這次並不是要「證明犯罪」……

而是「有嫌疑就動刑」。

意思就是，只要有任何一點值得懷疑的餘地，被懷疑的那個人就要遭受酷刑。

這簡直是中世紀的「女巫審判」。隨便找個理由把政敵和反抗勢力送上刑臺是這個女人的慣用手法，譬如菜煮得太鹹可能是雇用這廚師的某某想讓她早點死，瓶子掉在走廊上可能是有人故意想讓她摔死……為了洗刷嫌疑，被懷疑的人一定要徹底證明自己的清白。若是本來就沒有凶手，僅存的證明手段只有拖別人來當替死鬼，再不然就是使盡方法向沈老大證明「絕對沒有那種可能性」。

這次的情況也一樣。

扶琳突然想起了不在場的藍髮偵探。那個偵探為了某種理由，立志證明「世上真的有奇蹟」，而他的證明方法是否定奇蹟以外的一切手段，也就是「推翻人類智識所能想到的所有可能性」這種徒勞的方法。這次的辯論也是一樣。

指控的一方只要提出作案的「可能性」就好了，抗辯的一方卻得用嚴謹論點來證明沒有這種「可能性」。和一般的法庭審判正好相反，不是要證明「有做」，而是要證明「沒有做」。

這就是所謂的「惡魔的證明」。

看著師父的親身經歷，這小鬼一定知道這是多麼艱辛的道路。所謂的「可能性」就像水龍頭一樣，輕輕一轉就會冒出一大堆，無論想出再怎麼周密的理論，總是會有漏網之魚。

最令扶琳介意的只有一點，就是小鬼剛剛說的那句話。

那個藍髮偵探說這是「奇蹟」……？

「……怎麼了，小子？一個小時快到了喔。」

沈老大調侃道。八星哭喪著臉，死命地盯著撒在地上的紙牌。他大概是想從紙牌上的圖案汲取靈感吧，這是他慣用的推理方法，但這次是不是也派得上用場呢……他已經沒有退路了。

沈老大看著懷錶，無情地說出：

「時間到。」

八星用力搥打地板。

沈老大發出暢快的大笑，然後把艾里奧叫過來，說了幾句悄悄話。艾里奧走出大廳，過了一會兒又推著一臺載著酒菜的推車回來。

沈老大讓艾里奧幫她倒酒，又讓他先試毒，然後才拿起玻璃杯，優雅地調整了坐姿。準備齊全之後，她下令道：

「那個小鬼晚點再處置。小姚，開始吧。」

……沒辦法了。

扶琳再度收斂表情，轉身面對坐在地上的少女。少女用剛起床般的無神雙眼望著她，有氣無力地用日語問道：

「那個……你們在說什麼……？」

她繼續轉頭，看到八星趴在舞臺下哭泣，又問道：

「為什麼聯在哭呢……？」

剛才說的都是中文，她想必還沒搞清楚狀況，此外，也分不出善惡……

「老佛爺。」

儷西搬來一張鐵管椅，粗魯地揪起少女的衣領，把她丟在椅子上。少女大概是因為迷藥和疲勞而無法動彈，幾乎沒有掙扎，順從地坐在椅子上。
扶琳在傀儡般的少女身邊蹲下，像是要幫貓剪指甲一般，輕輕拉起她的手。
她觀察這隻手好一陣子。少女的手指非常纖細，若是抓得太用力，說不定指甲還沒拔就先骨折了。
扶琳凝視著少女的手約有十秒鐘之久。
「……怎麼了？」
「沒什麼……」
又過了一下子，扶琳轉身向沈老大行禮。
「沈老大，真是慚愧，我姚扶琳離開道上一段時日，技術好像變鈍了一些。如果拿這脆弱的小丫頭開刀，說不定會抓不準力道，一不小心就把她弄死了，我想還是先用比較健壯的人來練練手法吧……」
「嗯？妳想換個人來行刑嗎？無所謂，妳想怎麼做就怎麼做吧。」
一旁的儷西突然發出異議：
「老佛爺，我想應該不會有這種事啦……妳該不會是對這小丫頭萌生了憐憫之心吧？」
胡說什麼。
扶琳不理會她的嘲弄，站了起來。如果這點小事能讓她心生憐憫，她早就因為承受不住罪惡感而跳海了。她要求換人並不是為了這種理由……

而是因為「擔心」。

她擔心那個小丫頭在嚴刑逼供之下會說出不該說的話。

當天是這小丫頭負責斟酒的，說不定她會發現「有些不對勁」。

這並不是什麼大問題，但她如今面對的是沈老大，一丁點兒的疏忽都有可能讓她丟了性命，而且她也還沒搞清楚那個叫作艾里奧的男人有多少能耐，正所謂小心駛得萬年船，多提防一點肯定錯不了。

所幸備用的代罪羔羊多的是，那些只是一般的小奸小惡之徒，稍加折磨就能逼他們認罪。總之，先逼俵屋姊妹她們乖乖就範，再想個說法讓沈老大接受……

「……請等一下。」

這個陰沉的聲音讓扶琳停下了腳步。

「老佛爺好像真的荒廢了功夫哪，不過生鏽的刀只要磨一下就會變利，像老佛爺這種名刀當然更不需要重新鍛鑄。」

扶琳回頭一看，儷西一手拿著線鋸，一手抓著少女的頭髮，如同勾魂的鬼差似地看著她。

「請過來吧，老佛爺，讓我儷西來為妳做個示範。我的技術都是老佛爺傳授的，要反過來教導老佛爺簡直就是班門弄斧，但孔夫子也說過『不恥下問』，所以妳可以把我當成一隻教小貓打獵的母貓，看看我教導得如何……」

扶琳愕然地半張著嘴。

為什麼……她要這樣做？

難道這女人認為她不想對小女孩行刑是懦弱的表現，所以不高興了？可惡，真是個麻煩的傢伙！

說起來這個女人早就對她脫離幫派的事很不滿了，每次找到機會就要想方設法把她找回去，而且把這女人帶進幫派的就是她，結果她自己卻拍拍屁股跑掉了，現在還來這裡裝好人，可以想見這女人會是多麼地不爽。

「扶琳小姐……」

舞臺下有人叫道。

「拜託妳，師父現在不知道在哪裡，但他一定正在趕來的途中，而且師父說過這是『奇蹟』，就算日本的警察不出動，只要師父來了一定可以證明所有人的清白，所以……」

所以怎樣？扶琳越來越頭痛了。現在才來求她又有什麼用？真受不了，那女人和這個小鬼幹麼都老愛找她的麻煩……

八星拖著傷痕累累的身體爬上舞臺，抬起帶著眼淚的臉龐笑著說：

「所以，為了爭取時間……請用『我的身體』來練習……」

扶琳的表情僵住了。

什麼……？

就在這時，天花板發出東西撞擊的聲音。

扶琳反射性地抬頭望去，看到吊燈附近飄著像鳥一樣的黑影。不對……那不是鳥，而是機械——伸出四隻手臂形成X狀、看起來像水蜘蛛的螺旋槳式小型飛行物體。那個是……

空拍機。

「……別傻了，聯，扶琳的招式可不會只有打打屁股喔。你連看牙醫都不敢去了，怎麼可能承受得了她的刑罰？」

八星抬頭望去，立刻破涕為笑。

「師父！」

師父？

空拍機發出細微的螺旋槳呼呼聲逐漸降下，扶琳連驚訝都忘了，只是呆呆地看著。沈老大的手下見到這奇怪的玩意兒都慌了手腳，但那位女首領仍然沉著地命令部下靜觀其變。

空拍機飛到沈老大頭上，就在原處盤旋，隨即傳出一個輕鬆的聲音：

「沈老大，在高處跟妳說話真是抱歉。我只有一個要求，請妳馬上釋放聯和那些抓來的人。」

沈老大懶洋洋地揚起視線。

「……你是誰？」

「我叫上笠丞，是那位少年的保護者。」

「喔……你就是那個『藍髮的傢伙』啊？我剛剛才聽到你的傳聞呢。不過怎麼沒看到你那頭藍髮？」

「看到空拍機就該知道我本人不在這裡了吧？沈老大，我從卡瓦列雷那裡聽說了妳的事，他說妳因為失去了愛犬而每晚垂淚到天明，還要我好好安慰一下傷心的妳……如果妳答應我的要求，我倒是可以陪妳喝酒解悶一個晚上。」

「這個提議真吸引人……可惜我不能答應，因為殺死我愛妾的大罪人就在這裡。而且那個小鬼不只侮辱我，還吵著要證明那小丫頭的清白，結果卻做不到，所以他一定要付出代價。」

「妳是說聯反證中的漏洞嗎？」

如同用盾牌彈開刀劍，偵探以尖銳的語氣回應：

「這種可能性我早就想到了。」

＊＊＊

沈老大的臉色突然變得陰沉。

扶琳也瞇起了與生俱來的三白眼。好久沒聽到偵探這句臺詞了，但是真沒想到會在這種地方聽見。

「這種可能性你早就想到了？別裝腔作勢啊，藍髮。」

「我是真的想到了，所以也只能這樣說。不過，沈老大，是誰發現了聯的漏洞？」

那個義大利男人迅速走到空拍機的鏡頭前。

「是我，上笠。」

「喔……這不是艾里奧嗎？卡瓦列雷的確說過送了賠罪禮給沈老大……原來就是你啊。難怪他會那麼爽快地告訴我沈老大所在的位置……」

從兩人的語氣之中聽不出半點敵對的味道，反而充滿了舊友重逢的氣氛。

幾句溫馨的對話之後，艾里奧彷彿要打住這感傷的場面，說道：

「上笠，我問你，剛剛那句話的意思是說你已經推翻了我的假設嗎？」

「當然。艾里奧，你聽好了，這件事是『奇蹟』，沒有人為因素介入的餘地。」

「你又說這種話了……」

艾里奧露出苦笑。

「別再誇口了。說吧，我有什麼地方遺漏了？」
「艾里奧，你唯一遺漏的就是……」
空拍機的螺旋槳呼嚕嚕地旋轉。
「婚禮前一天的星期五是『可燃垃圾回收日』。」
沉默籠罩了整個大廳。
「……上苙，我從來都沒有搞懂過你的幽默感。」
「我不是在說笑，而是在論證。對了，義大利沒有分類回收垃圾的習慣，你想不到這一點也無可厚非……
若是知道日本的習慣，反證就很簡單了。你聽好，艾里奧，這個地區收垃圾是到府回收的，垃圾車會在午後一家一家地去收放在門口的垃圾，所以婚禮前一天的星期五應該也有垃圾車停在俵屋家的門前，但是俵屋家大妹說監視攝影機的錄影畫面顯示『午後沒有一輛車停在門前』，這就表示『這一天俵屋家沒有拿出可燃垃圾』。」
艾里奧皺起眉頭，扶琳也不明白他說這些話有什麼用意。
「……那又怎樣？在那裡工作的幫傭婦不太會做家事，三餐多半是現成的料理或是外面店家賣的東西，所以沒拿垃圾出去也不奇怪。」

「不，在這情況下很奇怪，因為前一天中午大妹只吃了半片比薩，『剩下的半片丟在流理臺』，從前一天的行動來看，當時幫傭婦還沒收拾廚房。幫傭婦離開宅邸是在正午之前，而垃圾車來的時間是午後，所以幫傭婦沒有拿垃圾出去是很奇怪的事。」

「……可能留在流理臺了吧。」

「迎接新娘的地點『就是廚房』，而且隔天的婚禮還有『電視臺來轉播』，怎麼可能讓比薩一直放在那裡？而且現在是夏天，如果只是紙屑也就算了，把容易腐壞的廚餘留在廚房裡一定會發臭。」

「或許是幫傭婦帶回去了，再不然就是埋在庭院裡……」

「那個幫傭婦連煮飯都懶得煮，為什麼要把丟在門口就好的廚餘特地帶回家？小妹說過『光是在庭院裡挖洞都會被罵』，而且隔天就要舉行婚禮，這天又正好是收垃圾的日子，怎麼想都不會丟在庭院。」

空拍機似乎很享受這段對話，輕盈地上下飄動。

「由此可見，流理臺的比薩消失了。那麼比薩去哪了呢？食物會消失只有一個理由，那就是『被誰吃掉了』。」

艾里奧又皺著眉說：

「誰會吃掉流理臺裡的殘餘比薩？這裡又不是貧民窟，沒人會吃那種東西……」

他說到一半突然停下來，仰望著空拍機。

「難道……」

「沒錯，艾里奧，『沒人』會吃那種東西，所以吃掉比薩的一定是『人類以外的動物』。

前一天出現在宅邸內的動物，只有斟酒的少女帶來彩排的『狗』，比薩一定是被狗吃掉的。

但是那隻狗隔天好端端地出現在婚禮上。人類的食物中毒多半是『人畜共通傳染病』，也就是說，造成人類食物中毒的東西同樣會讓狗食物中毒，而且少女養的狗『喜歡隨便撿東西吃，但腸胃又很弱，動不動就拉肚子』，既然狗吃了比薩之後平安無事，就證明了『比薩沒有被動過手腳』。

如果比薩沒有被下毒，你說新娘設計使大妹提早回家的假設就不成立了。」

艾里奧沉默不語。這義大利男人摸著下巴盯著半空，最後笑了笑，揮揮手做出趕開空拍機的動作。

沈老大在他的後方說著：

「……不要狗啊狗啊地叫，藍髮。」

扶琳這時才回過神來。

……什麼？已經結束了？

這也太突然了吧？剛才的騷動就像假的一樣。這個偵探的破壞力就是這麼強……

不過壓軸人物意外地提早登場，讓扶琳的立場變得更危急了。她冷眼看著八星叫著「師父、師父」如追趕泡泡一樣朝著空拍機伸出手的模樣，一邊抽著菸管，努力整理混亂的思緒。

總之，剛才那段論證讓她暫時不需要對少女行刑。

這雖是好事，但偵探的出現也使真相曝光的危險性變得更高了。

這是她最擔憂的一點。對方若是普通的偵探，她的煩惱就只有這些；但既然是那個偵探，麻煩還在後頭。

剛才那個小鬼說過，偵探認定這件事是「奇蹟」。

也就是說，他認為這樁案件「沒有凶手」。

扶琳不解的就是這點。難道自己沒有犯罪嗎……？

她立刻加以否定。不對，這是不可能的，她自己就是這件事的始作俑者，所以她說的鐵定沒錯。事情都依照她的計畫進行了，要殺的人也死了，共犯的報告也收到了，如果這不是她造成的，那她簡直比竇娥更冤。

照這樣看來，偵探那樣說的理由可能有兩種。

要不是偵探還沒發現真相，那就是……

他明知扶琳是凶手，卻「有意包庇她」。

那個偵探只要碰上奇蹟，視野就會變得比較狹隘，所以很可能是「還沒發現真相」。但他若是因為後者的理由而「說謊」的話……

扶琳厭煩地咂著舌。

這事真是棘手。

若是後者，這個男人就有利用價值，也就是「友方」。但若是前者，而且在論證之間還讓他發現了真相的話，那他就是必須盡快封口的礙事者，也就是「敵方」。

現在該押硬幣的正面或反面呢……

扶琳正在苦思時，儷西從舞臺上翩然而降，用白扇遮著嘴，慢慢走向空拍機。

「親愛的，好久不見了。」

扶琳回想起來了，在某次證明奇蹟的辯論中，這女人曾經和偵探交過手，她似乎在那次看上了偵探，之後一直企圖讓他變成自己的情人或是標本。說不定偵探就是因為這樣才要逃到國外。

「……儷西，妳也在這裡啊……呃，我也有想到這個可能性就是了……」

「偵探先生什麼事都料到了呢。是說你今天為何以這種方式出現呢？」

「喔，妳說這個啊，沒什麼啦，我已經包船趕過去了，但是照這種速度還要再花上幾個小時，所以我就先讓空拍機飛過去。這艘遊艇頂多只能開到三十節，也就是時速五十五公里，不過這臺經過改造加速的空拍機可以飛到時速一百四十公里……」

「這樣啊……」

儷西轉身背對空拍機，突然凌空躍起。

她的頭髮像龍鬚一樣飄起，在空中扭身旋轉，腳高舉過頭，用一記迴旋踢把空拍機掃落在地，落地之時還用穿著綁帶涼鞋的腳重重地踩在上面。

刺耳的破裂聲響起，裂開的攝影機鏡頭和空拍機的零件散落了一地。

「我的愛人，你真是聰明過了頭，不過這正是你的魅力啊。我儷西現在不太方便，要情話綿綿就等你本人到了再說吧。再會。」

扶琳的下巴差點掉下來。

竟然出現了第三種狀況！

偵探被強制驅離了。既然空拍機已經不在，就恢復到原本的情況了。

雖然偵探遲早還是會來，但只要在那之前隨便指出一個凶手，再故意錯手殺掉就好了，等偵探到了以後再說什麼也無濟於事。無論那個男人多麼渴望證明奇蹟，也不會笨到在沈老大面前繼續糾纏不休，平白增加犧牲者。

話說儷西……真是個令人猜不透的女人。

她偶爾也會像這樣派上用場，所以才更難對付，簡直就像帶著炸彈的吃角子老虎。可是……這個女人為什麼砸了偵探的空拍機？

這時扶琳突然注意到。

儷西正在看她。用扇子遮住臉的下半部，目不轉睛地看著她。

不知怎地，扶琳被她盯得寒毛直豎。

她也不甘示弱地瞪回去，儷西就扭頭不看她，轉身走到沈老大面前，雙膝跪地，拱手作揖。

「讓您看見這粗魯模樣真是抱歉，沈老大。但是為了您的安全著想，我認為還是趁早除掉那個莫名其妙的飛行物比較好。

對了……關於這案子的真相，我儷西突然有個想法，懇請老大准許我秉告……」

沈老大醉到臉上有些泛紅，豪爽地點頭。

「好，妳說。」

儷西深深一鞠躬之後，起身回到舞臺上，站在像傀儡一樣癱在椅子上的雙葉身邊，用手指輕輕地梳理她烏黑亮麗的秀髮。

「諸位，既然老大已經恩准，請容我在此獻上拙見，雖然怕會汙了各位的耳朵，但還是懇請大家費些時間耐心地聽。好，我儷西要開始發表剛剛在天啟之下萌生出來的小小靈感……」

第十一章

儷西就像掉了魂似的，靜靜地盯著吊燈好一陣子。

接著她又面對前方，頭像砲臺一樣轉過來，和扶琳四目交會。微笑。

「諸位，不好意思，我要先說一件閒事……」

她把扇子攤在胸前，又面向觀眾席。

「我有個心腹手下叫作瑩花，她人如其名，外貌就像豔麗的花朵，而內心卻是凶猛的毒蜂。她不分晴天雨天都隨身帶著一把慣用的傘，每次和人起爭執，她就會用這把傘攻擊對方。瑩花這個怪癖給我惹過一些麻煩，因為她的傘尖藏著蓖麻毒素的膠囊……」

怎麼能放任這種人在外面亂跑？

「更讓我頭痛的是，瑩花做這種事從來不考慮後果，真是個衝動魯莽的女孩。我為什麼要提起這件事呢？這是要表達，不是每個殺人犯都會事先做好周詳計畫，有些人在作案時已經有受罰的覺悟了。」

遍體鱗傷的八星撐著桌子反駁：

「……妳是說凶手在下毒時已經打算被抓了？但是儷西小姐，這點我也做過反證了，凶手如果是新娘以外的人，沒必要大費周章地去偷新娘的砒霜，如果凶手是新娘，她在拿出皮箱時就該認罪了。」

「這只是一般的論調，但女人心是很善變的，說不定新娘是在作案之後才改變了主意……」

「這又不是在衝動之下發生的凶殺案，無論有沒有共犯，新娘最晚也得『在離開宅邸參加送親遊行之前準備好砒霜』才行，可見這是事先預謀的犯罪行為。要讓如此堅決的凶手改變心意，除非是有什麼重大理由……」

「當然有『重大理由』。」

儷西又朝扶琳瞥了一眼。

怎麼？扶琳瞪了回去，儷西便回以微笑，然後把手輕輕按在胸前。

她從上方解開鈕釦，一直開到肚臍的位置，接著拉開衣襟，肩膀整個暴露在燈光下，那白皙的脖子和鎖骨在舞臺強光之中顯得豔麗無雙。

「老佛爺……」

儷西以親膩的語氣叫道。

「請看我白皙的肌膚。」

這女人是在發什麼神經？

「如妳所見，我儷西的肌膚是這麼地雪白，但這膚色並不是與生俱來的，而是從小開始服用毒藥的影響。」

艾里奧驚訝地叫道：

「難道妳是『arsenic eater』？」

「是的，我是個貨真價實的砒霜成癮者。

所謂的砒霜成癮者就是經常服用砒霜、對砒霜有抗毒性的人。我的母親精神不太正常，她在我還是嬰兒的時候就每天餵我吃混入砒霜的奶粉。聽說少量的砒霜反而有益健康，而且還有美白的功效。

古代的義大利人把加入砒霜的水稱作『托法娜仙液』（Aqua Tofana），當成美白化妝水來使用，中國的華中、華南地帶也有讓女孩從小服用砒霜讓皮膚變白的風俗。多虧如此，我儷西才能得到這一身令老佛爺喜愛的雪白肌膚……」

不管這女人的皮膚是黑是白，扶琳都不可能喜愛她。儷西重新穿好衣服，啪的一聲闔起白扇，手指輕觸扇子末端之後舉高，然後仰頭張口。

扇子末端有些白色粉狀物落在儷西的口中，她全吞了下去，然後放下扇子，又按了一下末端。

「……唯一美中不足的是一旦停止服用就會出現戒斷症狀。我為什麼要提這些事呢？沒錯，就是為了解釋人對砒霜有抗毒性。

各位一看就知道，俵屋家每個女人都白皙得和我不相上下，所以很有可能是這樣的：新娘為了逃避不想要的婚姻，抱著被抓的覺悟騙斟酒的少女說是『惡作劇』，讓她把砒霜混入酒中，但是新郎的母親和妹妹們對砒霜都有抗毒性，所以沒有被毒死，新娘的姑姑因為沒有喝酒，也撿回一條命，而新娘當然不會真的把酒喝下去。」

全場鴉雀無聲。過了一會兒，八星很罕見地爆發了。

「儷西小姐……妳是在開玩笑嗎？就算只是假設，這也太荒唐了……」

「荒唐？真的是這樣嗎？人對砒霜確實可以產生抗毒性，我已經親自示範過了。」

「像妳這種特例中的特例根本不能拿來舉證，現代的一般婦女才不會沒事就吃砒霜。」

「就因為是現代才更有可能。現在網路上多的是奇奇怪怪的化妝品，說不定真的有人把砒霜加入藥物，打著『中國古代流傳下來的神奇美白滋養聖品』的名號拿出來賣，她們或許就是買了這種藥來吃……」

「妳要這樣說的話，就把那種藥拿出來給大家看看啊！如果凶手一開始就打算被抓，妳要怎麼解釋新娘到現在還沒有認罪？雙葉也不可能隱瞞到現在吧！」

「叫我拿證據出來？你的說法真是本末倒置。必須證明清白的是你們那邊，所以應該是你向我證明沒有那種藥的存在才對。」

照這個假設來看，新娘沒有認罪的理由也很簡單，因為她想殺的人還沒有死，她為了搞清楚原因，才會一直保密到現在。更何況如今她被人綁來這裡，就算想認罪也不敢說了。

雙葉是個心軟的少女，會因為同情可憐的新娘而不揭發她也很合理。」

「……隨便妳要怎麼狡辯，妳的假設從頭到尾都是異想天開。她們對砒霜是不是真的有抗毒性，只要檢查了就……」

「哎呀呀，再爭下去也爭不出個所以然……」

儷西突然轉向沈老大，遠遠地朝她拱手作揖。

「沈老大，既然討論僵持不下，我想提出一種簡單的檢驗方法。就是讓有嫌疑的人吃下我手上的砒霜，若是吃了之後沒事，就能證明我的假設是正確的。」

正在抽菸的扶琳頓時嗆得咳嗽。

等……等一下！

這是什麼亂七八糟的提議啊？

「啊……啊啊啊？妳、妳在胡說什麼啦，儷西小姐！」

八星的聲音拔尖了。

「這麼做的話，那些人不就死定了嗎？」

「講得這麼肯定，看來你對自己的假設很有自信嘛。我儷西雖然不才，對自己的論點還是有幾分把握的。既然雙方各執一詞，那就只有掀開骰盅才會知道是單還是雙。」

「這跟有沒有自信無關！他們吃了砒霜鐵定會死啊！」

「我也一樣堅持，他們吃了砒霜鐵定沒事。你我都只是在猜測，又不是說話大聲就能分出是非黑白。」

「沈老大！請妳三思啊！」

為了突破這個僵局，八星跑到沈老大的面前，撲通一聲跪下。

「無罪也是死！有罪也是死！哪有這麼不講理的審判！如果無論怎樣都是死罪，這場審判根本就沒有意義……」

「無論怎樣都是死罪？這是你的曲解吧。如果我的假設是正確的，俵屋家的女性就會被無罪釋放，下毒行凶的新娘和她的共犯才會被判死罪，這樣哪裡不妥了？還不如說這是神的審斷、辨明曲直的砒霜……」

沈老大用矇矓醉眼盯著半空，淡淡地說道：

「唔……解決問題總是會有犧牲，這也是沒辦法的。動手吧，儷西。」

八星驚愕得說不出話。儷西從舞臺上朝沈老大深深一鞠躬，她垂低的臉卻轉向扶琳。

在頭髮的遮掩下，她露出了笑容。

糟糕……！

扶琳此時才明白，儷西提出這個假設並不是為了找出真相。

她真正的目的就是這個「檢驗方法」。她打算用檢驗當藉口，一次除掉俵屋家母女三人，這才是她設下的陷阱。

之後她八成又會硬找理由把嫌疑指向雙葉，逼得扶琳不得不對少女行刑……一定是這樣！

扶琳對儷西這份異常的執著不只是感到厭煩，甚至感到膽寒。這女人剛才看到她不想折磨少女，一定很不高興吧。儷西大概把她對少女的忌憚解釋成「仁慈」了，因此對她這種婆婆媽媽的態度感到幻滅……也有可能根本只是嫉妒那位少女……

沈老大把杯子舉到眼前，有些迷茫地說：

「我要謝謝妳，儷西，我因失去冰妮而陷入寒冬的心又開始吹起春風了。對了，艾里奧，你來給儷西的假設取個標題吧，如果這個假設真的說對了，我就要把這標題放進冰妮的祭文裡。」

艾里奧站在沈老大身邊，閉起藍色的雙眼。

「……說到用毒藥養大的女孩，我最先想到的是以《紅字》這本小說出名的霍桑寫的一篇驚悚短篇故事——〈拉伯西尼醫生的女兒〉。」

他用缺乏抑揚頓挫的語氣淡淡地說著。

「這故事說的是一位行事詭譎的植物學家把自己的女兒養成了『毒人』。但若光看抗毒性這一點，用本都國王米特里達梯六世的逸事來比喻會更貼切，這個國王因為害怕遭人暗殺，每天都服用毒藥鍛鍊自己的抗毒性。若是引用這則逸事，應該叫作……」

他睜開眼睛，用低沉動聽的義大利語說道：

「**『劇毒新娘，以及與之對抗的米特里達梯的女兒們』**。」

＊＊＊

劇毒新娘，以及與之對抗的米特里達梯的女兒們……

哪有這麼離譜的事？

扶琳在心中暗自批評。她已經顧不得吐槽這標題的詰屈聱牙了，重點是提出假設的人根本不在乎假設是否正確。

要推翻這個假設很簡單，只要證明嫌犯沒有抗藥性就好了。

最麻煩的是，這個「驗證方法」直接關係到嫌犯的生死。

若是警方查案，一定會另想其他方法，但這裡是由沈老大這個怪物所統治的魔界，世間的常識在這裡是行不通的。

任何事都是沈老大說了算。

從扶琳的立場來看，不管要找誰當代罪羔羊，都得讓那人「活著」才行，因為她沒辦法逼死人認罪。既然八星已經證明過這裡所有人都沒有嫌疑，她唯一的勝算就是用嚴刑逼出假證詞，藉此推翻他的論證。

若是讓儷西拿砒霜去驗證，俵屋家的女人必死無疑，這麼一來只能證明儷西的假設是錯的。

也就是說，事情並沒有解決，只會讓「嫌犯的人數減少」，剩下的是新娘、少女雙葉、新娘的姑姑、翠生這四人，其中可能拿到毒藥的只有新娘，能摸到酒器的只有雙葉，能做為代罪羔羊的人選就更少了。

考慮到沈老大的毒辣和儷西的嫉妒，接下來想必免不了要對少女用刑，如果那小丫頭在酷刑之中說了什麼不該說的話……

「……那就先用一個人來試吧。」

扶琳小聲地對儷西說道，那個吃砒霜的女人卻睜大眼睛看著她，露出爽朗的笑容回答：

「老佛爺的心腸真的變軟了呢……但我認為這種做法不夠徹底。抗毒性的強弱因人而異，一個人死了，可能只是因為身體狀況不佳。為了證實我這個假設的可信度，一定要三個人都檢驗，如果三個人都死了，就算我再怎麼不甘願，也只能承認自己錯了……」

這未免太蠻橫了。就算是實驗室的白老鼠也不會被毫無理由地殺掉。

「……等一下！」

八星又提出了異議。

「想要推翻這假設很簡單，根本不需要做這種檢驗。如果愛美珂小姐她們對砒霜有抗毒性，為什麼她們至今都沒提到呢？」

他按著膝蓋站起來，拖著腳步走向舞臺。

「只要說出這件事，她們就能利用這個假設指出『新娘有嫌疑』。愛美珂小姐當初會遭到懷疑，是因為她堅持『喝了』可能含有砒霜的酒，她若說自己對砒霜有抗毒性，就能否定這項指控了啊。」

八星逼近儷西，指著她的鼻子說。

「可是她們並沒有這樣主張，這不就證明了她們對砒霜沒有抗毒性嗎？」

喔？扶琳燃起一絲希望。反擊成功了嗎？

儷西用舞臺劇般的誇張動作摸著臉頰。

「這樣啊，你這話確實有道理……」

她用小指點著嘴唇，做出思索的姿態，然後揚起嘴角。

「……好吧，那就反過來吧。」

「反過來？」

「是的，改成『在酒裡下毒的是俵屋家的人，要被殺的是新娘家的人』。俵屋家的三個女人為了除掉感情不睦的哥哥和丈夫，以及看不順眼的新娘及其親戚，趁著婚禮這個機會在酒裡下了毒。

此外，把我剛才的假設稍作修改，說是『新娘打算和大家同歸於盡』，就能把下毒的罪名賴給已死的新娘。這就是事情的真相。

她們原本打算事後塞錢給斟酒的少女，要她幫忙做偽證，結果『應該死掉的新娘卻沒死』，俵屋家的女人百思不得其解，為了查清原因，所以才隱瞞了抗毒性的事。而新娘什麼都不知道，從頭到尾都被蒙在鼓裡……這麼一來全都說得通了。」

「照妳這麼說，不是連新娘都有抗毒性了嗎……」

八星突然停了口，露出「糟糕」的表情。儷西沒有放過這個破綻，裝模作樣地睜大眼睛，用手遮著嘴說：

「哎呀，真是的，確實如此……『新娘一定也有抗毒性吧』。話說新娘的皮膚也很白呢，而且她還『隨身攜帶著砒霜』，或許那個皮箱只不過是她的化妝箱。

哎呀呀，真是不好意思，剛剛獲賜的名稱得修改了，還得『增加一個驗證的對象』……」

八星無言以對，虛脫地癱坐在地。

扶琳不禁有些暈眩。這女人到底難纏到什麼地步？就像甲魚一樣，越是拽牠咬得越緊。

她不但沒有屈服於八星的論點，反而打算趁機多吞噬一隻獵物，真是道高一尺，魔高一丈。

至此這個小鬼也該明白了，死纏強辯是這女人的專長，如果他也能跟著胡說八道就算了，但在這種情況下隨便出手，後果鐵定不堪設想。

「聯、聯……拜託你告訴我，這裡是什麼地方？現在是什麼情況？為什麼那裡放著小麥的照片？聯，你回答我啊……」

大概是藥效開始退了，雙葉一臉害怕地吵了起來。沈老大拉下了臉，儷西立刻用扇子摀住少女的嘴，喝令她「閉嘴」。少女聽不懂中文，但她一定感覺得到儷西的氣勢，只能含著淚乖乖閉上嘴巴。

扶琳不理會又把少女的眼睛和嘴巴蒙住的儷西，走下了舞臺。

她啣著菸管，走向趴在地上的八星，默默看著那悵然若失的孩子。被汗水和鮮血黏住的頭髮之間有個小小的髮旋。

八星抬起憔悴的臉，用日語喃喃叫著：

「扶琳小姐……」

「小鬼，你還是放棄吧。」

「拜託妳，扶琳小姐，再一下就好，只要再等一下……」

「不可能的，儷西已經在摩拳擦掌了，而且沈老大的酒就快喝光了，你也做好心理準備吧……」

這時背後傳來一句中文的揶揄：

「怎麼了，小姚？妳連那個小鬼都同情嗎？」

沈老大一邊喝酒一邊笑著說，但眼睛卻像在打量著什麼。扶琳鞠了個躬，隨便找個理由說「沒有，只是突然想起這孩子向我借過錢」，立刻轉身走開。

在她的背後，八星突然用力地搥打地面。

「只要再一下！師父再一下就會來了！只要師父出馬，所有的事都能解決，可是……」

儷西在舞臺上冷冷地回應：

「別再推託了，小子，這都要怪你自己沒有能力撐到那個時候。而且偵探先生說過還要再幾個小時才會到，幾個小時可不是你說的『一下子』喔。」

「那就十分鐘……不，給我五分鐘就好！請給我一些時間，儷西小姐！我一定會在這段時間內想出不必靠砒霜檢驗的證明方法……」

「除了直接從嫌犯的身體求證之外，沒有其他方法可以驗證這個假設。你放棄吧。」

「我不放棄！我絕對不會放棄的！因為師父說過，這是『奇蹟』！所以一定有答案……一定有反證！既然師父已經走過這條路，那我這個徒弟也一定可以找到正確的路！」

搞什麼啊……

扶琳回頭望著他，一副受不了的樣子。

竟然想要跟著他師父的路來走……勸降的人反而投敵是怎麼回事？相信那個藍髮男人的論證，就等於相信了奇蹟的存在，如果這小鬼把那男人的瘋言瘋語當成救命的浮木，跟他就是一丘之貉了。

再說要推翻這個假設無須耗費吹灰之力，只要用嫌犯的身體來驗證就知道結果了，誰知道那個男人想不想得出更簡單的方法……

「沒錯，聯。」

一個熟悉的聲音傳了進來。

「別放棄，你已經快要走到終點了，只差一步就能獲勝。然後，沈老大，不好意思，我現在要在這裡進行一場聲光表演，如果妳不喜歡，就請塞住耳朵吧。」

＊　＊　＊

下一瞬間……

強烈的閃光和震耳欲聾的爆炸聲震撼了整個大廳。

扶琳急忙護住眼睛和耳朵，等到聲光的風暴過去以後，她才戰戰兢兢地放下手。在吱吱的耳鳴聲中，她聽見了四周人們「呃啊」、「嗚嗚」的呻吟如詛咒般湧來。

那是閃光彈，只會釋放強光和噪音的手榴彈，沒有破壞力，只會讓人昏厥，是經常用來鎮壓恐怖分子的攜帶型非致命性武器。不過……

這個男人到底在搞什麼啊！

扶琳懷著無處宣洩的怒氣，搖搖晃晃地起身，睜眼望向四周，發現舞臺最前端不知何時出現了一個人。

高䠷、纖瘦、眉清目秀、不同顏色的眼睛。那人胸前掛著玫瑰念珠，身上穿的是麻質襯衫和夏季短褲，不過他平時多半是穿大紅外套配白手套，打扮得像都市傳說中的變態。

而他最大的特徵就是散發著金屬光澤的一頭藍髮。

不知為何他全身都溼答答的。偵探用手指撥了一下還在滴水的瀏海，在舞臺上朝沈老大微微一鞠躬。

「初次見面，沈老大。」

沈老大放下摀著耳朵的雙手，露出不高興的表情。

「你出場的聲勢未免太浩大了吧，藍髮偵探。」

「因為大廳裡到處都是妳的手下啊。被抓起來是沒關係，但第一次見面就戴著手銬也太不成體統了。」

「既然你會在意體統，就先注意自己的穿著吧。這個劇場的規定是打領帶才能進來。」

「那就請妳借我衣服吧，我弄得一身溼，正在煩惱呢。」

儷西拿著毛巾從舞臺側邊啪噠啪噠地跑向偵探。

「親愛的！你怎麼這麼快就來了？不是說還要幾個小時才會到？難道你是游泳來的？」

偵探的上身有些後仰。

「我又不是人魚。只是借用了遊艇上的水上摩托車全速趕來，所以全身都被海浪打溼了。」

他從儷西手上接過毛巾，擦著身體，一邊悠然地回答。這幅景象有點似曾相識。

這個男人一定有女難和水難之相吧。

這時八星哇的一聲哭了出來。

「師父……師父……師父……」

他大哭著攀住舞臺邊緣，直接爬上去，衝向偵探，一把抱住他的腰。偵探用一隻手摸摸他的頭，說著「虧你能撐下來，聯」。

接著他那雙不同顏色的眼睛望向扶琳。

扶琳頓時繃緊肩膀。怎麼了？難道他知道我是凶手……？偵探輕輕把小鬼拉開，走向這邊，從舞臺上遞給扶琳一張紙。那是一張便條紙，上面潦草地寫了一些項目和數字。

扶琳歪著頭問：

「……這是什麼？」

「追加融資的申請書，包括大型遊艇的租金一天五十萬，改造過的空拍機一百六十萬，讓水上摩托車沉到海底的賠償金兩百三十萬，登船用的繩索和發射筒十五萬，總共四百五十五萬，乾脆湊個整數算成五百萬。還是同一個戶頭，麻煩妳了。」

果然是個大渾蛋，師徒兩人都一樣。

偵探又去安慰哭個不停的八星，等他冷靜下來之後，就轉頭對儷西說：

「儷西，我從前的徒弟怎麼渾身是傷……是妳造成的嗎？」

「咦？大概是不小心摔下欄杆了吧。這就不管了，我現在有事要忙，等我處理好之後再去陪你，請你先到船上的戶外按摩浴缸等著吧……」

「別再趕我走了。空拍機的發信功能還沒故障，所以我在趕來的途中一直聽得到這裡的情況。妳還是一樣為所欲為啊，儷西。不過……」

偵探把毛巾披在頭上，一派輕鬆地說：

「這種可能性我早就想到了。」

＊＊＊

對話就像船隻撞上冰山一樣戛然停止。

「……先生什麼都料得到呢。」

儷西嘆著氣，打破了沉默。

「不過……你說你連這麼荒謬的可能性都想得到，這玩笑是不是開得太大了？」

這話是沒錯，但怎麼會由她本人說出口？

「砒霜抗毒性的假設確實很荒謬，不過也可能是『俵屋家的三人打算用毒酒一口氣除掉所有礙眼的人，而新娘發現砒霜被偷，心生戒備，所以沒有喝下酒』。但在這種情況下，愛美珂應該不會聲稱自己『喝了酒』，此外還有一個矛盾……」

偵探說到這裡就停下來，對著八星說：

「那麼，聯，既然你可以靠自己的力量走到這裡，就堅持到最後吧。」

正在擤鼻涕的八星吃驚地睜大眼睛。

「啊？現在不是輪到師父上場嗎？」

「你確定要換人嗎？」

偵探轉頭瞄了癱坐在舞臺上鐵管椅的雙葉一眼，八星霎時紅了臉。

「……還是我來吧。請讓我上場。」

「有志氣。需要提示嗎？」

「不……呃，還是給我吧。」

「提示就是……你回想一下我上次去你家吃飯時你母親教訓你的話吧。她一直提醒你別把食物掉出來，免得弄髒衣服……」

「我家？母親？訓話？」

鼻孔裡還塞著衛生紙的八星盤腿坐在地上，唔唔地沉吟。

過了一會兒……

「啊，對了！」

他笑得全身都在顫動。

「沒錯沒錯，竟然這麼簡單……的確還有這一招！」

八星跳著起來。大概是動作太大拉扯到傷處，他痛得按住肋骨，但臉上仍帶著笑容，挺起胸膛意氣風發地指著儷西，用中文說：

「儷西小姐，妳的假設有一個矛盾。如果愛美珂小姐她們直接在酒裡下毒，就表示她們『也打算殺掉新娘的姑姑』，但她們卻嫌棄新娘姑姑的和服，特地準備『昂貴的和服』要她換上。砒霜中毒的初期症狀是『嘔吐、下痢』，如果中了砒霜的毒，一定會搞得全身都髒兮兮的！

愛美珂小姐非常吝嗇，『雙葉想摸新娘的衣服都會被她指責』，而且她如果自私到可以為了自己的好處而殺死父親和哥哥，絕無可能明知會被糟蹋還讓新娘姑姑換上昂貴的和服，再說出了事之後婚禮一定會中止。

就算俵屋家的三位女性和新娘都有抗毒性，下毒的若是新娘，俵屋家的人一定會說出抗毒性的事；下毒的若是俵屋家的人，一定不會讓新娘姑姑換上那麼昂貴的和服——無論下毒的是哪一方，都有解釋不通的矛盾！所以妳這『砒霜抗毒性』的假設不能成立！我的反證到此為止！」

他愉快而有力的聲音在陰暗的天花板迴盪著。

儷西咂著舌，闔起扇子。徒弟興奮得臉頰發紅，回頭望著師父。偵探視線不動，只伸手在孩子的頭上撫摸，把他的頭按得像陀螺一般轉動。八星「嘿嘿嘿」地笑到合不攏嘴。扶琳露出苦笑，把熄掉的菸管重新點燃。真是空口說白話，這些人就像拿著想像出來的棍棒互毆。

不過這小鬼確實很能幹，因為他努力爭取時間，扶琳才得以避開眼前的危機，她簡直想要打賞他了。可惜的是……因為他剛才說的是中文，所以少女完全感受不到他的努力。

第十二章

扶琳慢慢吸著菸管，重新分析一次目前的狀況。

總之現在已經免去了被儷西殺光全部代罪羔羊人選的危機，但扶琳還是無法安心，因為她的處境還是一樣凶險。

而且偵探已經來到現場，除非對他下毒，否則多半沒辦法把他支開。她還是得盡快分辨出偵探究竟是「敵」還是「友」……

「……你就是那個藍髮偵探啊。」

沈老大恍惚地說。

「我聽了很多你的傳聞，聽說你一直忙著到處去證明世界上真有『奇蹟』。我本來還以為做這種蠢事的人應該也有一張愚蠢的臉……」

沈老大細細地觀察偵探，然後露出微笑。

「現在一看，才知道你還長得挺人模人樣的。你就是用這副色相拐騙了我們家的小姚嗎？」

扶琳心想，誰會被他拐騙啊？

「……我沒有拐騙她，她只是為我提供資金的贊助人。」

扶琳又想，我一點都沒有贊助你的意思。

沈老大哈哈大笑。

「那你真是找到好金主了。小姚一定是太少談戀愛，男人運才會這麼差，竟然被這種有戀母情結的男人纏上……」

扶琳皺緊眉頭，偵探也基於另一種理由而變了臉色。

「妳從卡瓦列雷那裡聽說了嗎？」

「是啊。聽說你那個修女母親被卡瓦列雷搞得當不成聖女，因為被他揭穿了騙局……」

「那不是騙局，而是『奇蹟』。卡瓦列雷才是個騙子。」

「聽到這句話就能證明你到現在還沒斷奶。你不接受這顯而易見的事實，拚了命地想讓母親封聖，所以和卡瓦列雷展開打賭這種無聊至極的事……賭你有沒有辦法證明奇蹟的存在。」

這確實是偵探堅持證明奇蹟的主要動機。

卡瓦列雷在天主教的大本營梵蒂岡擔任「封聖部」的審查委員，負責審核奇蹟。在偵探還小的時候，他的母親顯了諸多「奇蹟」，被民眾奉為聖女，但她的封聖申請卻因卡瓦列雷一個人的意見被駁回，使得「奇蹟的聖女」在一夜之間變成了「曠世騙徒」，他的母親受盡流言蜚語的中傷，從此不再被人提起。為了挽回母親的名譽，偵探接受了卡瓦列雷的挑戰，誓言要證明奇蹟的存在。

偵探凝視著沈老大。

「……既然妳都知道，那談起來就簡單多了。沈老大，我一直在找尋奇蹟，而我的追尋就要在今天畫下句點了。我對艾里奧也說過，沈老大，這件事是『奇蹟』，想要從人的身上找尋神蹟的原因必定是徒勞無功，希望妳能接受狗會死是出於神的旨意，快點釋放那些人質吧。」

「你的吹牛才徒勞無功呢。哪有什麼奇蹟，明明就是毒殺事件。」

「這毒殺事件正是出自『和美小姐』的庇祐。『和美小姐』自古以來就在那個地區受到供奉，是所有女性的主保聖人。從基督信仰的角度來看，『和美小姐』等於是日本的『鬍鬚聖女』維爾吉佛蒂絲（St. Wilgefortis）——因為堅持守貞拒絕結婚而殉道的聖女。這件事就是她的神力使然。」

「維爾吉……什麼東西？算了，無所謂。日本古代的故事跟基督信仰扯得上什麼關係？『和美小姐』總不會是基督徒吧。」

「在基督信仰尚未傳入的地區發生了神蹟，當然不會用基督信仰的語言來敘述。神蹟有時也會藉著當地的宗教、當地的言語來顯現，用教會的觀點重新詮釋原住民文化的例子比比皆是。」

正在抽菸的扶琳皺起了眉頭。她對宗教的語言沒興趣，重點是偵探說出這番話到底是不是「認真的」。

現在有兩種可能性。

如果偵探沒發覺凶手是她，真心認定這是「奇蹟」，或許他會在討論之間發現她才是真凶，或是說出某些會讓沈老大發現真相的提示，那他就是必須盡早剷除的「敵人」。

如果他已經發現凶手是她，卻為了包庇她而「謊稱這是奇蹟」，那他就是可以留下的「戰友」。

為了分辨這個男人是敵是友，她得先搞清楚「偵探是否已經發現她是凶手」。扶琳吐著煙，偷偷地觀察著偵探。他好像沒有打暗號的意思。偵探神情自若，完全看不出來心裡在想些什麼。扶琳又看看他剛才遞來的紙條，上面也沒有特別的訊息。

……他真的還沒發現嗎？或者只是怕被沈老大看穿，所以不敢輕舉妄動……

「對了，扶琳，有件事讓我很好奇……」

偵探突然轉頭望著她說。

「妳是不是以前就認識俵屋啊？」

扶琳的心臟頓時漏跳了一拍。

「……為什麼突然這樣問？」

「沒什麼，因為聯傳來給我的報告裡面有俵屋不動產公司的客戶清單，我看到妳的人頭公司也在上面。聯不知道那是妳的公司，所以沒注意到……」

「這是怎麼回事，小姚？」

沈老大嚴肅地問道。冷靜點。扶琳用意志力安撫著加速跳動的心臟。

「……我也是第一次聽到。公司的事都是之前的社長在處理的，我現在才知道俵屋家開了不動產公司……」

「這樣啊。既然妳不知道，那我得奉勸妳一句，如果妳投資了那公司的事業，最好盡快抽走資金，因為幾乎全是詐欺，尤其是最近那個水源地開發計畫。」

偵探只說了這句話，又轉向沈老大。扶琳將菸管從口裡拿開，藉此掩飾手的顫抖。剛才的問題是怎麼回事？他在這個時機問這種問題的用意何在？

照理來說，偵探要是打算包庇她，就不會說出這種話來加深她和這件事的關聯。

還有一個可能，偵探是為了向她暗示已經知道她是凶手，才會出此險招……但這樣不是也增加了被沈老大發現的危險性嗎？如果她在回答時露出破綻，下場真是無法想像。與其用這麼危險的方式，還不如另外設法，譬如利用那張便條紙。

照這樣看來，他果然……

扶琳露出微笑。這男人果然「什麼都沒發現」。這並不奇怪，因為他只要牽涉到奇蹟，視野就會變得狹隘，都說燈塔下才是最暗的，他一定疏忽了吧。

仔細想想，如果偵探要包庇她，一定得犧牲八星。在這個男人的心目中究竟是身為債權人的扶琳重要，還是寶貝徒弟的性命重要，她不用想也知道答案。

因此，偵探必定是「敵人」。

＊＊＊

扶琳驚訝地發現自己竟然有點失望，連忙調整心情。

既然如此，我得盡快想出對策……

扶琳又叼起菸管，面向舞臺，用下巴對正在幫雙葉綁辮子的儷西示意。

「儷西，出來一下。」

吃砒霜的女人用埋怨的目光瞪著她，隨即把臉轉開。

「要教訓我的話就到舞臺上吧。還是說，老佛爺不想在這天真少女面前顯露本性？」

「我只是要去洗手間，妳來帶路。」

「別把我當成女傭使喚，我已經不是老佛爺的部下了……」

扶琳翩然跳上舞臺，走到儷西面前，一把揪住她的頭髮。

「少囉嗦，快給我帶路。」

她抓著儷西的瀏海往後拉開，所以儷西不由自主地往後仰。她維持這個姿勢注視著扶琳的臉，然後移開目光，小聲地說「……請放開我」。

扶琳放手之後，儷西立刻轉過身，低著頭默默地梳理頭髮。

然後她抬起頭來，簡短地說「往這裡走」，頭也不回地走掉。扶琳扠著腰看著她的背影，疲憊地嘆一口氣，然後朝沈老大鞠了個躬，便跟著儷西走出去。

＊＊＊

一走進鋪著豪華大理石的時髦洗手間，扶琳立刻把儷西推向洗手臺。

儷西苗條的身體坐在洗手臺上，肩膀撞上梳妝鏡。扶琳朝她走近，儷西便扭腰踢出一腳，扶琳迅速地用左腳擋住，同時伸出右手抓住儷西的咽喉，按在鏡子上，讓她幾乎無法呼吸。

「妳今天很愛找我的碴嘛。什麼時候輪到妳來對我頤指氣使了？」

她一邊說，一邊偷偷用右手拇指在儷西的脖子上按壓，像是在打字一樣。

——聽我說。

這是一種暗號。

依照盲文——中國點字——的原理，用手來溝通。她和儷西以前一起工作的時候，經常要面對一些特殊情況，所以兩人發明了這種祕密的對話方式。

儷西露出驚訝的表情，但馬上恢復正常，伸手去摸扶琳的腰。

「怎麼能讓悠哉到長出贅肉的老佛爺擔任第一線的司令呢？妳還是乖乖地聽從我的指揮吧。」

她一邊摸，一邊用手指打暗號。

——怎樣？

「我已經在減肥了。我要快點恢復以前的功力，所以妳最好不要妨礙我。」

——案件。凶手。是我。

儷西睜大了眼睛，隨即垂下眼簾，再次打起暗號。

——原來如此。我懂了。

這女人真是一點就通，扶琳基於獎勵的心態放開了她的脖子。儷西光靠這寥寥數語就明白了一切，她緊繃的表情變得緩和，摸著扶琳腰部的手指也若有似無地變得溫柔。

——那女孩，行刑，不行？

——是的。

——那女孩，共犯？

——不是。

向儷西吐實等於是在賭博。這女人一直對她無法死心，所以有九成機率會站在她這一邊，但這女人的行動像匯率一樣無法預料，所以她若選擇沈老大也不是不可能。

即使如此，扶琳還是決定走這一著棋，她研判放著這女人不管會更危險。

因為剛才的推理比賽中，已經出現好幾個「詭計的提示」了。

「混入毒藥的酒」、「昂貴的和服」，這些都是她詭計之中的重要因素。

如果讓這女人繼續在偵探面前多嘴多舌，不知道什麼時候會被她害到，所以還是先把她拉進己方陣營比較保險。

不過，在沈老大面前沒辦法大剌剌地拉攏儷西，洗手間裡恐怕也會遭到竊聽，所以扶琳才特地用暗號告訴她這個祕密。

這麼一來姑且算是完成備戰了，接下來還得看偵探怎麼出招。扶琳正想離開心情好轉的儷西，卻感到腰部被鉗住。

低頭一看，儷西用雙腳牢牢地夾住了她的腰。

吃砒霜的女人臉頰泛紅，在她的腰側輕輕點著字。

——太早回去，反而引人起疑。

扶琳不禁咂舌。這女人……真是太難纏了。

＊＊＊

回到劇場後，扶琳發覺現場的氣氛有些凝重。轉頭一看，艾里奧和偵探在舞臺上相對而立。艾里奧站在右側，偵探站在左側。

每個人的身上都籠罩著異樣的緊張感。

在偵探背後的側翼，八星正拿著寶特瓶給雙葉喝水，連椅子都一起搬過去了。在觀眾席裡，沈老大身邊放著擺滿酒菜的推車，腿上擱著琵琶，她不時撥弄琵琶，一副很無聊的樣子。

扶琳跟著儷西走到沈老大身邊，女首領揚起迷濛的視線，看了後方的儷西一眼，露出猥褻的笑容。

「……忙完了嗎？」

忙什麼？用眼神問候過後，沈老大笑著倒了兩杯酒。

扶琳被催著拿起酒杯，在沈老大的慫恿之下一飲而盡，然後問道：

「現在是什麼情況？」

「嗯？現在？剛才艾里奧提出一個新的假設，接下來輪到藍髮出招，但他還在思考。」

……還在思考？

在這片令人屏息的寂靜中，八星困惑的聲音響起：

「師父……為什麼你一直不說話？」

一直不說話？扶琳皺起了眉頭。那個偵探沒有反駁？聽了對方的假設卻不反駁？為什麼？

難不成……

「……他沒有料到這個假設嗎？」

儷西說出了扶琳心中的疑惑。沈老大聽了就轉過來，搖著頭說：

「不是，艾里奧講完以後，藍髮就說『這種可能性我早就想到了』，然後又說了一句『但是』，就沒再吭聲了。」

這種可能性我早就想到了……

但是……？

扶琳更加不解。這是怎麼回事？意思是他已經想到這種可能性，但是還沒想出反證？若是如此，他不可能一口咬定這件事是「奇蹟」吧？這到底是……

「師父……師父！為什麼你不反駁？你一定早就想過這個假設了，可是為什麼……」

八星沉痛的叫聲被船內的天花板反彈回來，但師父並沒有回答徒弟的問題，只是摸著下巴，像在觀賞繪畫一樣看著半空，不發一語地站在那邊。

＊＊＊

扶琳裝出漠不關心的模樣，慢慢地喝著酒。

……這是怎麼回事？

她的心中開始七上八下。既然偵探敢說這是「奇蹟」，想必早就推翻了所能想到的一切假設，那他只要把反證說出來就好了，根本沒必要想這麼久。

難道艾里奧說中真相了？不會的，如果是那樣，沈老大必定會直接質問她。或許是偵探突然發覺自己的證明有漏洞，正在思考要怎麼修正……看他的態度倒是一點都不驚慌，也沒有使出那招「沉思默想」——那是偵探進入專注思考時的習慣動作。

混帳，到底是怎麼了？扶琳一點都看不出那男人的想法。

「……沈老大，艾里奧做了怎樣的假設，竟然讓那位先生答不出來？」

儷西喝著酒，一邊歪頭問道。沈老大把義大利香腸和起司疊在一起放入口中，配著酒吃下去，然後回答：

「就是人彘。」

……人彘？

「人彘……是說呂后用來對付戚夫人的那種殘忍刑罰吧。」

儷西也抓了一片盛著菜餚的小吐司塊。

「漢高祖劉邦的正宮呂后很嫉妒戚夫人比自己更受寵愛，所以等到高祖死後，她就用殘忍的手段報復戚夫人。

依照《史記》的記載，呂后砍斷了戚夫人的雙手雙腳，挖掉眼睛，薰聾耳朵，灌下啞藥，最後把她丟進茅坑，稱之為『人彘』……

不過，那一家人用的是沖水式馬桶吧？」

「跟廁所無關，我只是用這故事來比喻艾里奧的假設。真麻煩……艾里奧，你來解釋吧。」

舞臺上的艾里奧聽了召喚，就朝這裡走近，他那精明幹練又不露鋒芒的面容在昏黃的舞臺燈光下格外顯眼。

「奉沈老大之命，容我再次秉告。」

他平淡地說道。

「凶手是如何做到這麼奇妙的跳號殺人呢？以受害者吃進毒藥的途徑來區分的話，有三種可能，包括混入酒中、抹在酒杯上，以及其他方法。」

扶琳的神經頓時繃緊。如果他選擇的是「混入酒中」，就有可能說中事實……

「我的假設選擇的是『其他方法』。」

太好了。扶琳在心中歡呼。這樣看來他的假設一定偏離了真相，現在她可以安心地旁聽了。

不過所謂的「其他方法」是……？

「再來要看的是下毒的時機，這也有三種可能：合飲之前、合飲之中、合飲之後。在我的假設中，選擇的是『合飲之中』。」

扶琳更放心了。這個男人連時機也選錯了，可見他的假設完全不正確。問題是，偵探為什麼不推翻他的假設？

還有，他怎麼會選擇「合飲之中」？如果不靠著酒和杯子這些媒介，要怎麼在合飲的時候下毒？

艾里奧仰望著舞臺上方的梁柱。

「下毒的方法很簡單。傳統的日式木造建築很少使用釘子，天花板也不會釘死，而是只把木片蓋在上面，所以很容易就能『拆開』，此外，那個大廳堂的天花板是黑色的，就算木板之間有縫隙也不容易被發現。」

扶琳張著嘴巴。

他說天花板？

喂……該不會是……

「而且天花板並不高。只要調整坐墊的位置，就能讓受害者剛好坐在縫隙的下方。還有，三個男人為了表現出豪邁，喝酒的時候都『抬著頭張大嘴巴』，等於是朝著天花板的縫隙張開嘴。

從這些條件來看，應該可以使用這種手法：凶手在合飲的時候溜到天花板上，從事先打開的縫隙之間『把砒霜投入受害者的嘴裡』……」

扶琳有些頭暈了。

這當然不是因為喝醉，簡直比宿醉更不舒服。這種假設太誇張了吧，無論從哪個方面來看都太過牽強，根本不可能實行。若是用日本的諺語來描述，這就像是「從二樓滴眼藥水」。

就算天花板很低，這種方法的成功機率也不到萬分之一吧……

這時扶琳突然停止甩頭的動作。

等一下……

如此看來，這個假設指出的「凶手」不就是……

「好了，問題來了，有可能實行這個殺人計畫的會是『誰』呢？因為此時正在進行合飲，所以參加合飲的人當然不可能。此外，能夠事先潛入天花板上做手腳的，一定是在這個家待了很久、熟知這間屋子構造的人。

平時都待這個屋子裡，又不需要參加合飲的人只有一個……」

艾里奧目光無神，用枯燥平板的語氣說出那個名字。

「就是幫傭婦，珠代。」

……還是被揪出來了。

＊　＊　＊

扶琳默默地把杯子放在桌上。

她再次拿起菸管，儷西立刻機伶地拿來菸灰缸，並且幫她點了火。扶琳拍拍儷西的肩膀做為答謝，然後盤著雙臂，靜靜地把煙吸進五臟六腑。

……不管怎麼說，珠代確實是共犯。

雖然他說的方法完全錯誤……不，就因為過程嚴重偏離，被說中時的打擊才更大。扶琳在調查俵屋時注意到這個女人，就想辦法收買了她。或許是物以類聚吧，會在這個惡名遠播的家庭裡當幫傭婦的人自然也不是什麼善類，因為她背了一屁股債，所以要收買她簡單得很。這女人的經濟狀況已經拮据到火燒眉毛，正準備要對俵屋家的財物下手。

順帶一提，扶琳也是因為調查俵屋才會注意到山崎。這事不重要，總之她就是因為這個緣故才惹了這一身腥。如果在警方的調查會議提出如此荒唐無稽的假設，不是挨罵就是會被嘲諷，但這裡可是沈老大這妖魔統治的魔窟，一般人的常識在這裡完全派不上用場。

不過……千萬不能自亂陣腳。

又還沒有暴露出什麼關鍵。

艾里奧朝著沈老大拱手，深深一鞠躬。

「我要再一次地由衷致歉，沈老大，都是因為我先前沒有想到這個可能性，所以少抓了一個嫌犯。」

「無妨。人之後再抓就好了，你先解釋真相吧。」

儷西從後方輕輕貼在扶琳身上。

——怎樣？

她摟著扶琳的腰，用暗號詢問。扶琳想了一下，握住儷西的手。

——攻擊。

艾里奧說中凶手的身分確實出乎扶琳意料，但他整個假設都太粗糙，多的是可以反駁的地方，而且不論偵探默不吭聲的理由是什麼，若是幫傭婦被抓來這裡，扶琳就玩完了，無論如何都要想辦法推翻這個假設。

儷西笑嘻嘻地退開，用白扇遮著臉，走向舞臺。

「哎呀哎呀……」

她發出調侃的叫聲，走上舞臺，站在艾里奧面前。

「你的論點是不是太離譜了？區區一個幫傭婦竟然會潛入天花板，從縫隙裡把砒霜丟到下面的人的嘴裡？到底在胡扯什麼啊……」

她一手扠腰，彎起拿著扇子的手腕，不屑地抬起下巴。

「胡說八道也要適可而止。」

妳有資格說別人嗎？扶琳的臉頰有些抽搐。

「誰會相信你這種天馬行空的幻想啊？你以為從天花板到嘴的距離有多遠？這可不像把蛋打到碗裡喔。

而且你的論點根本沒有達到假設的標準。那個幫傭婦是什麼時候偷了新娘的砒霜？用的是什麼方法？打算嫁禍給誰？最重要的是，她的動機是什麼……」

在儷西連珠炮般的攻勢之下，艾里奧默默望向沈老大，大概是在確認要不要和儷西吵吧。雖然儷西和艾里奧都是沈老大的人，但這女人在幫派中也是出了名的難搞，就算她找艾里奧的麻煩，也只會被視為競爭心理作祟，沒什麼好擔心的。

果不其然，沈老大點頭了。艾里奧轉頭對儷西說：

「只要找對方法，就能準確地投下砒霜，這點我等一下再談，先說砒霜是怎麼來的吧。幫傭婦沒有偷新娘的砒霜，而是『後來才掉包的』。」

「掉包？」

「是的，她用來下毒的砒霜是從其他地方得來的，事後才和新娘小瓶子裡的砒霜對調。大家都去醫院的時候，只有幫傭婦一個人留在家裡，她有充足的時間可以下手。嫁禍的對象當然是新娘，她想好的說詞是新娘和斟酒的少女合謀。動機只有問過她本人才能確定，總之多半跟錢有關，可能是偷了俵屋家的財物或見不得光的黑錢，為了掩飾罪行而殺人滅口。」

儷西毫不氣餒，繼續用調侃的語氣說：

「你要找多少理由都無所謂，最重要的是實行的可能性，『投下砒霜的方法』才是最大的問題。

這位仁兄該不會以為東西丟出去就會筆直落下吧？你想得未免太天真了。在真空狀態之下還有可能，但案發現場有空氣阻力，不管丟的是固體或液體，落下的途中都一定會飄移，頂多只會打到鼻頭。」

這女人嘲諷的功力真是一流。順帶一提，她對摧殘人體有著濃厚的興趣，所以學過基本的物理知識。

「若是擔心空氣阻力，只要換個形狀就好了，譬如把粉末黏在一起做成針狀，或是像箭一樣加上尾翼。若是把尾翼加上旋轉功能，更能保持軌跡的筆直。」

儷西不悅地揚起扇子。沒想到艾里奧竟從物理的角度正面迎擊。扶琳不是佩服，而是愕然。

「就算這麼做，只要吹來一陣風就沒戲唱了。」

「沒有證據可以顯示當時吹了風，那間大廳堂又沒有風鈴，從轉播畫面和聲音也看不出有風。」

「看不出有風？哎呀呀，我勸你還是去找個高明的眼科醫生檢查一下……」

嗯？扶琳疑惑地歪頭，隨即恍然大悟。對了，不需要等外面颳風，既然現在是夏天……

「你忘了『冷氣機』嗎？在那古色古香的廳堂裡有個這麼不搭軋的東西，你竟然都沒看到？到底是白內障嚴重到幾近失明，還是大腦出了什麼毛病？那臺冷氣機擁有過濾花粉的功能，這種冷氣機通常會帶動室內的氣流，所以當時肯定有風。」

扶琳忍不住笑了。這女人出手真是毫不留情……光是從半空投下毒藥已經難如登天，她還要再添上冷氣機這個阻礙。

崩兒崩兒的，撥弄琵琶的聲音從一旁傳來。

「什麼嘛……儷西還真是沒勁兒，竟然使出和那小子相同的招式。」

扶琳驚訝地望著沈老大。

和那小子……「相同的招式」？

艾里奧突然轉身走開。

他站在舞臺邊緣，背對著明亮的白色布幕。仔細一看，他的手上還拿著玻璃杯，那是用來說明詭計的道具嗎？

「八星剛才也這樣反駁過我，或許是我解釋得不夠詳細吧……」

或許是因為儷西連番挑釁，艾里奧也漸漸露出本性，語調不像剛才那麼平淡了。

「光說從天花板投下砒霜不夠精準，正確的說法應該是『從天花板的縫隙之間把看不見的透明管子伸到目標頭上』，像吹箭一樣把砒霜從管子裡吹出去，這樣就不會受到風的影響了。」

「……啊？從天花板伸出管子？」

儷西身體後仰，用誇張的動作嘲笑對方。

「你又在說笑了。就算管子是透明的，只要仔細地看還是看得清楚，就像那個玻璃杯一樣。怎麼可能會沒人發現……」

「那妳看得到這個嗎？」

艾里奧說著，一邊把杯子舉到頭上。

幾盞聚光燈突然同時亮起，扶琳不由得瞇起眼睛。在強光的照射和白幕的反光之中，玻璃杯的輪廓頓時消失，就像融化在光中。

「眩光現象。」

艾里奧沐浴在強光中，淡淡地說道。

「意思是因強光而導致視覺障礙。最明顯的例子就是在夜晚開車時被對向車道的大燈照到，令駕駛突然看不見路人的『蒸發現象』。講得更直白一點，就是光線刺眼到令人看不見，凶手利用了這種生理反應來隱藏管子。」

「……眩光現象？當時哪有這麼強的光……」

儷西講到一半突然噤聲。

「啊……是攝影嗎？」

「沒錯，有電視臺的人在現場拍攝，室內攝影一定要打燈，而且新郎的父親和妹妹都要求把光打亮一點，所以當時的燈光一定非常刺眼。」

「……但是攝影機架設在大廳堂的下座，從那裡打燈的話，只有面對下座的人會正對著燈光，也就是坐在西側的新郎和新娘，至於其他人……」

「光源分成直接照明和間接照明，新郎新娘的背後如果有東西可以反射光線，就等於是另一個光源。說到日本傳統婚禮會有的擺飾……」

「……是金屏風吧。」

儷西搶先回答了。

「原來如此，後方的金屏風像鏡子一樣反射了攝影燈光，所以下座的人也是正對著光源。但是反射的光線有那麼強嗎？」

「妳看錄影畫面就知道了，金屏風的地方都亮到變得一片白。補充說明，發白的部分不會留下影像資料，用數位處理也無法還原。」

「那南北兩側的人呢？坐在新郎新娘面前的兩排家屬並沒有面對燈光或金屏風吧？」

「南側的緣廊是敞開的，夏天的強烈陽光會從那裡照進來，坐在北側的新郎家屬首當其衝，而新郎家屬背後也有『貼了金箔的紙門』，紙門也會反射陽光，所以坐在南側的新娘家屬同樣看不清楚。

東側有燈光，西側有金屏風，南側有陽光，北側有金紙門——無論朝哪個方向，都是面對著光源。」

「那天花板呢？既然在喝酒的時候嘴巴朝上，那眼睛當然也……」

「天花板本來就有燈，而且主人為了掩飾天花板的破舊，還特地裝了高亮度的LED燈。」

儷西不甘心地咬緊牙關。

「……好，我姑且承認，以我們現在的距離，確實會因強光而看不見那個玻璃杯。」

她很謹慎地選擇用詞，講話的速度也慢下來了。

「如果距離拉近又是如何？管子都垂到頭上了，當事者和隔壁的人鐵定會發現的。」

「有一個心理學名詞叫『選擇性注意』，指的是人非常容易疏忽關注對象以外的事物。有一個著名的實驗，是讓受驗者看一段傳球的影片，要求他們計算傳球的次數，結果受驗者都沒注意到後面有隻大猩猩走過去。這場婚禮就相當於籃球，而透明管子相當於那隻大猩猩。」

儷西的臉色越來越難看。這個女人最拿手的是詭辯，若是要她負責反駁，她就發揮不出實力了。

但扶琳覺得並不是儷西能力不足。就算有刺眼的強光，東西近在眼前一般來說應該會看見，在正常的情況下，艾里奧的理論絕對不會被當成一回事。

不過這場辯論的目的不是要解開真相，而是要洗刷嫌疑，光靠這種程度的反駁一定無法讓沈老大接受，因為「一般來說應該會看見」的另一面就是「或許偶爾會看不見」。這不是在討論「犯罪事實」，而是在討論「犯罪嫌疑」，所以對方只要找到有說服力的論點來支持假設「有可能」成立就夠了。

這種辯論規則簡直就像「奇蹟的證明」。

儷西思索片刻，然後啪的一聲闔起扇子。

「正常人都覺得會被發現吧……」

「怎麼了，西王母，妳已經技窮了嗎？如此無力的反駁是推翻不了我這個假設的。」

「你搞錯主詞了，我現在說的是『凶手的想法』。你的假設裡包含了自然光和人工照明，但這兩者有一個重大的差別——自然光是『無法控制』的。

從庭院照進來的陽光可能有時會被雲遮住，能不能瞞過坐在南北兩側的人還得碰運氣。凶手大費周章地準備砒霜，還要事先搬開天花板，既然做了這麼周詳的計畫，怎麼可能把行動的成果交由運氣來決定呢？」

儷西舉起合攏的扇子，如短刀一般架在艾里奧的脖子上。

「你這假設不光是我們會質疑，看在凶手眼中也非常不可靠。若是使用這麼粗糙的手法，凶手一定也覺得會被受害者看出來。要是凶手明知如此還堅持要用這種方法，簡直比貓生雞蛋更可笑。」

對耶！扶琳在心中恍然拍膝。

儷西反過來利用這個假設的荒謬，從凶手心理的角度來反駁。凶手既然事先準備了砒霜、潛入天花板、連攝影燈光和金屏風的反射都計算過，怎麼想都不可能留下自然光這麼一個不確定因素。這樣沈老大一定也能接受……不，應該說這種悖論式的反證更符合沈老大的喜好。

艾里奧聽完之後卻笑了。

「沒想到妳和八星一樣死纏爛打。」

……和八星一樣？

艾里奧一揮手，聚光燈立即熄滅，舞臺恢復了昏暗。義大利男人用右手把玩著胸前的墜子，過了一會兒才喃喃說道：

「以為毒藥只能用來毒殺，根本是外行人。」

咦？扶琳瞇起眼睛。這男人之前也說過同樣的話……

「真正精通毒藥的人就知道要怎麼運用藥物的特性。譬如說，阿托品可以做為眼藥水、腸胃藥、麻醉前用藥。事實上，阿托品的散瞳作用──放大瞳孔的效果──還曾經被用來掩飾犯罪。」

咦咦咦？扶琳的眉頭皺得更緊了。

怎麼搞的？是我記錯了嗎？怎麼覺得好像聽過一模一樣的話……

扶琳突然睜大眼睛，儷西似乎也注意到了，細微地「啊」了一聲。

……「散瞳作用」。

「瞳孔可以調節進入眼球的光線量，在亮處會縮小，在暗處會擴大。有散瞳作用的藥物會使瞳孔維持在擴大的狀態，失去調節光線量的功能，所以普通的亮度也會讓人『眩目到看不清楚』。

去看眼科時，醫生一定會提醒有駕照的人注意這件事。散瞳藥可以用來治療眼睛疲勞，一般人也能輕易地拿到，而且俵屋家每個人『都有花粉症』，在婚禮當天『都用了幫傭婦準備的眼藥水』，幫傭婦如果想讓他們點散瞳藥絕對做得到，事後要銷毀證據也很簡單。

若是當天沒有半點陽光，連散瞳藥也發揮不了作用，那她大可中途喊停。也就是說，幫傭婦是有『十足的把握』才作案的。」

儷西的表情大大地扭曲。

「可是只有俵屋家的人用了眼藥水……」

「新娘的父親和姑姑都罹患了『白內障』。年紀大的人喜歡聊病痛的話題，要向新娘父親問出這件事並不難。此外，新娘在婚禮中戴著『綿帽子』，所以視野不佳，而且幾乎沒辦法抬頭。」

「……只要調查幫傭婦的就醫紀錄，立刻就能確定她有沒有拿過散瞳藥了。」

「散瞳藥誰都拿得到，她或許是從非公開的管道買到別人轉賣的藥。轉賣處方藥是很普遍的事。」

「……那麼透明管子是從哪來的？事後又要怎麼處置？再說潛入天花板一定會留下痕跡……」

「居家百貨有在賣壓克力細管，事後切成一截一截的就很方便處理了。至於天花板上的痕跡，婚禮之前有業者來大廳堂安裝電燈，就算有痕跡也無法區分是誰留下的。」

「……那麼狗……冰妮小姐為什麼會死？幫傭婦又沒有理由殺死冰妮小姐。而且她想嫁禍給新娘的話，一定會利用『**奇數號碼殺人論**』，所以她一定也要殺掉新郎的大妹愛美珂……」

「這兩件事可以用同一個理由來解釋。幫傭婦當然也打算殺死愛美珂，但是下毒時『不順利』，因為愛美珂跟那些男性不一樣，她喝酒時『沒有把頭抬得那麼高』，很難計算投下砒霜的時機和位置，結果砒霜只沾到『杯子的銀白色部分』，冰妮小姐喝酒的時候正好吃了下去。而幫傭婦看到冰妮小姐和斟酒的少女打亂計畫，立刻想到可以用

『**故意縱狗論**』嫁禍給新娘和酗酒少女，所以還是繼續完成了殺人的計畫。」

儷西沒再追擊，想必是無話可說了。她嘖了一聲，用白扇遮住口鼻，憤恨地看著眼前的男人。

如同剛才承受燈光一樣，艾里奧面無表情地承受著她的目光，淡淡地說下去：

「我來做個整理吧。依照我的推測，這是一樁設計得大膽又精細的巧妙毒殺案。

真相的全貌如下：凶手是幫傭婦，她為了錢的緣故，打算在婚禮上殺死三位受害者。

她事先從某處得到了砒霜和散瞳藥，還弄來細長的透明壓克力管子，在婚禮前一天彩排之後，她偷偷爬上天花板，搬開板子露出縫隙，並且把管子留在那裡，為隔天的行動做好準備。

婚禮當天，幫傭婦在婚禮開始之前將散瞳藥交給俵屋家的人，謊稱那是『花粉症』專用的眼藥水。等到大廳堂開始舉行婚禮，她就悄悄離開，爬到天花板上，看準時機把管子從縫隙垂下來，用砒霜殺死三位受害者和冰妮小姐。她趁著現場亂成一團的時候，又悄悄地將天花板恢復原狀，將管子留在原處，回到大廳堂觀察情況。

眾人去醫院之後，獨自留在家裡的幫傭婦收走了管子，又去新娘的房間，試了所有數字組合打開密碼鎖，把小瓶子裡的砒霜換成她的砒霜。隔天早上出去買早餐時，她把所有證據——管子、砒霜、散瞳藥——帶出去寄放在某處，等有機會再去處置。以上就是我假設的具體犯罪過程。」

艾里奧往前踏出一步。
「幫傭婦竟敢在光天化日之下，當著電視攝影機和眾多目擊者的面直接把毒藥放進目標人物的嘴裡，實在是膽大包天，但她事前所做的準備工作又很周全。殺手無聲無息地躲在天花板上，靠著光線和藥物蒙蔽人們的眼睛，用無味無臭的砒霜瞞過目標人物的鼻子和嘴巴，又藉著婚禮這個場合限制了眾人的行動。
藉著毒藥奪去了眼、耳、鼻、口、四肢的行動自由，這簡直就像……」
沈老大在一旁插嘴說：
「就像人彘，對吧？」
艾里奧停了口，頓時氣勢全消，他露出苦笑看著沈老大。
「我本來打算引用莎士比亞的作品，既然沈老大喜歡這個比喻，那就用這個吧。」
「別把我說得像暴君一樣，我只是因為失去冰妮而痛心疾首，忍不住想說些重話，一吐對這世界的怨恨罷了。
不過既然要寫在祭文裡，還是有點韻味比較好。艾里奧，你給這個假設想個好標題吧。」
聽到沈老大的命令，艾里奧鞠了一躬，閉起藍色的眼睛。
「說到金屏風，我會想到的是故鄉威尼斯聖馬可大教堂裡的黃金祭壇屏風……」
他微微睜開眼睛，露出溫和的微笑。
「金色的天花板，金色的牆壁。用眩目的金色奔流來象徵至高神國的這間大教堂裡，在祭壇後方聳立著嵌有無數寶石的黃金屏風。

這兩面屏風的規模和樣式都截然不同，但同樣散發著耀眼的金色光輝。所以我為這假設命名為……」

他的表情和語氣再次失去了感情，他用空洞的眼神望著這邊說：

「**『黃金屏風的婚禮，以及潛伏在這光明背後、天花板上的暗殺者』**。」

＊＊＊

扶琳面無表情地抽著菸，胃裡卻開始痙攣。

事情的發展很不妙。

再這樣下去，幫傭婦一定會被抓來嚴刑逼供，她遲早會說出真相。

扶琳瞄了偵探一眼。藍髮男人仍然站在舞臺角落不發一語。混帳！為什麼他一直沒動靜啊！

「……上苙。」

艾里奧大概也不耐煩了，出聲叫著偵探。

「為什麼不說話？你不是早就想到這個可能性了嗎？難道還沒想好反證？還是說……」

艾里奧用空杯子指向偵探。

「你想……『包庇某人』嗎？」

扶琳大吃一驚。

原來如此……原來是這麼一回事。

雖然艾里奧只是在猜測，但他這句話確實可以解釋偵探為何閉口不語。扶琳一直以為「偵探還沒發現真相」，看來是她想錯了……或許偵探早就發現凶手是她。此外，偵探當然也準備好了推翻艾里奧假設的反證。

但是說出這個反證可能會暴露她——扶琳——就是凶手，所以他才會猶豫到現在。他之前問她是不是認識俵屋，應該也是在暗示她「我已經知道真相了」。這樣一切都說得通了。

不論偵探準備的是怎樣的反證，都有可能掀出扶琳是凶手的事實，其實只要揭穿她是凶手，就能輕輕鬆鬆地推翻這一連串的假設了。只要他簡單說出一句「凶手是扶琳，其他人都是無辜的」就行了，她本人就是這個反證最有力的證據。

如果偵探打算包庇她，就不能這麼做，所以他才遲遲沒有說出反證。或許他正在思考不用揭穿她的另一種證明方法吧……這樣她就理解為什麼偵探要想那麼久了。

也就是說，偵探宣稱這件事是「奇蹟」，只是為了包庇她而說的「謊言」。

偵探是站在她這邊的……

「怎麼了，上苙？被我說中了嗎？」

艾里奧繼續挑釁。

「如果我說錯的話，你可以否認啊。你該不會已經發現真相，卻想要包庇凶手吧？

如果是這樣，你這偵探就太娘娘腔了，就像包庇羅密歐的茱麗葉一樣。不過，這樣真的好嗎？如果你再不說話，幫傭婦就死定了喔。你把幫傭婦和那個人的命放在天秤上衡量看看吧。」

艾里奧彷彿變了個人，極力地煽動偵探。難道這才是他的真面目嗎？或許是艾里奧的話奏效了，偵探終於有了反應，他的手離開了下巴，彷彿大夢初醒，用不同顏色的眼睛看著對方。

「我聽不懂你在說什麼……」

他一邊說，一邊慢慢走向艾里奧。

「我早就說過了，這件事是『奇蹟』，所以沒有凶手。我剛才只是在重新檢驗某些論證，因為之後還得跟卡瓦列雷直接對決。」

偵探在舞臺中央停下腳步，燈光照亮了他胸前的玫瑰念珠。

「我再說一次，艾里奧，這種可能性我早就想到了，很容易就能推翻。」

＊＊＊

「很容易就能推翻」……

果然是這樣。

他早就想過這個假設，也想好了推翻假設的反證。

但他為什麼一直不說呢？

反證的內容確實很重要，但更大的問題是……

「新娘……」

偵探用日語說道。

「事後在醫院裡發現自己左腳的足袋溼了，連腳背都是溼的，而且有酒的味道。弄溼的部分染上了淡淡的粉紅色，還沾著一片粉紅色的花瓣。」

偵探盯著沈老大。

「這就是我的反證。」

沉默籠罩著全場。扶琳受不了地按著額頭。

「……你說得太簡略了吧，而且你幹麼對沈老大說日語？」

「嗯？沈老大聽不懂日語嗎？我這個結論的確跳得太快了，抱歉，還是循序漸進地解釋吧。」

偵探若無其事地改口說中文。

「新娘足袋弄溼的理由，應該是因為她坐上救護車之前穿的『橡膠拖鞋是溼的』。」

「……橡膠拖鞋？」

艾里奧反問道。

「是的。如果只是踩到水，不會連『腳背』都弄溼；如果是被潑到水，也不會連『腳底』都弄溼。此外，若是踩進很深的積水，她自己一定會發現的。

當天宅邸裡打掃得很乾淨，新娘在走路時都很小心避免弄髒禮服。還有，婚禮當天是『大熱天』，她在漫長的送親遊行途中一直『騎在牛背上』，所以不可能是在路上把足袋弄髒的，就算是在遊行之前弄溼，這麼長的時間也該乾了。事發之後她直接搭上救護車去了醫院，而醫院的拖鞋也沒有溼，照這樣看來，她只有穿上橡膠拖鞋的時候有機會弄溼足袋。」

偵探行雲流水地說著。

「那麼橡膠拖鞋為什麼會溼掉呢？夏天裡天氣好的日子，晾出去的衣服只要三個小時就會晒乾，從新娘穿上拖鞋的時間反推三小時是下午兩點，所以一定是有人在下午兩點之後把橡膠拖鞋弄溼了。那會是誰呢？愛美珂準備酒器的時間是送親遊行剛開始時，那時還太早，迎接新娘時有攝影機在拍，所以也不可能，婚禮開始之前沒人離開大廳堂，事發之後比新娘更早到廚房後門的婚禮出席者只有愛美珂和雙葉，但她們兩人除了收拾酒器之外沒有做其他的事。

剩下的只有平時都在宅邸內、又可以在婚禮中隨便離開大廳堂的人——幫傭婦。」

艾里奧噗哧一聲笑了出來。大概是聽到偵探說了和他相似的臺詞，覺得很有趣吧。

「那麼幫傭婦是什麼時候弄溼拖鞋的呢？既然有酒味，可想而知一定是被酒弄溼的。既然弄髒了拖鞋，應該洗乾淨之後放在有陽光的地方晾乾，但幫傭婦卻把拖鞋放在後門，還擺成讓新娘隨時可以穿上的模樣，可見她是在新娘穿上的不久前才脫下的。

然後，如果拖鞋是被酒弄溼的，那是被酒潑到還是踩進酒裡呢？如果是被酒潑到，不會弄溼鞋面的內側，既然拖鞋內部溼到可以弄溼新娘足袋的腳背，幫傭婦一定是踩進酒裡了。

不過現在是夏季，地上的積水很快就會乾，而且酒會引來蚊蟲，不可能隨便放在路邊，很難想像幫傭婦是在路上弄溼拖鞋的。若說是『人煙罕至的地方』，我只想得到一個……沒錯，就是『和美小姐』的祠廟。」

偵探撥了一下黏在額頭上的半乾頭髮。

「『和美小姐』的祠廟前面有一個用岩石挖出來的簡易水缽，裡面裝著和美小姐最喜歡的酒。一般的墳墓不會供著酒，而幫傭婦也不可能穿著鞋子踩進一般的墳墓，所以沒有其他可能了。」

「但是……」

艾里奧突然插嘴。

「你要怎麼解釋足袋染色的事？新娘的足袋染上了花瓣的淡粉紅色，可是『和美小姐』祠廟旁邊的夾竹桃都是鮮豔的紅色，兩者根本不一樣。」

「這一點都不奇怪，因為『酒精有脫色的效果』。」

偵探四平八穩地回答。

「用酒精來漂白花朵是很常見的技巧。色素溶在酒裡，才會把新娘的足袋染成粉紅色，換成宅邸周圍的純白夾竹桃就做不到了。在那個鎮上『只有和美小姐的祠廟旁邊有紅色的夾竹桃』，也就是說，足袋染上花瓣顏色的事實可以證明幫傭婦曾經踩進『和美小姐』祠廟前的水缽。

……沒問題吧，艾里奧？我要繼續說下去囉。地點已經確定了，那時間呢？依照愛美珂的證詞，幫傭婦來回祠廟一趟最快也要三十分鐘，我剛才說過，幫傭婦是在婚禮開始後才外出的，婚禮開始的時間是在新娘到達大廳堂時，也就是下午四點八分，但是錄影畫面顯示她在雙葉準備合飲時都還在，那時的時間是四點三十分，如果她在那之前出門，就來不及趕回來了，所以她一定是在四點三十分之後才出門的。

救護車到達的時間是五點一分，新娘就是在這時穿上橡膠拖鞋上了救護車，所以幫傭婦一定已經從祠廟回來了。幫傭婦能出去的時間是從四點三十分到五點一分，而她來回祠廟一趟要花三十分鐘——這樣看來，她絕對沒時間再做其他的事。簡單說，幫傭婦在四點三十分左右出門，在和美小姐的祠廟踩到了酒，五點一分左右回來。

你明白了吧，艾里奧。合飲的時候幫傭婦不在宅邸裡，當然不可能躲在天花板上殺人，因此你的假設無法成立。」

語聲頓歇。就像爆炸之後的無聲，只有寂靜刺激著扶琳的耳膜。

過了好一會兒，才聽見少女小小的噴噓聲從遠處傳來，如同日式庭院中打破寂靜的添水竹筒。

艾里奧的聲音已經失去力道，但還是不死心地反駁：

「……為什麼幫傭婦急著跑這一趟呢？」

「什麼理由都有可能……譬如主人或少爺吩咐她買東西，結果她忘記了，因為怕挨罵，所以才要趕在婚禮結束之前跑出去買。如果要到山後的城鎮買東西，就得經過祠廟那邊的山路。

不過她在途中就從手機或其他管道得知了宅邸的情況，又急忙趕回來。」

「你有辦法證明嗎？」

「我不確定她出門的動機，但我已經證明過她外出的事實，足以推翻你的假設了。」

「但是你的論證還有一些不合理的地方，譬如她為什麼會踩進祠廟的水缽？那間祠廟位於路肩，除非刻意走過去，否則不可能會踩到的。」

「這是因為她要趕路。」

「趕路？既然如此又為什麼要繞遠路……」

「這不是繞遠路。」

偵探突然轉身走向舞臺側翼，從裡面拿出筆墨，以及跟他身高一樣長的宣紙。那些大概是沈老大準備拿來寫祭文的吧。

他把宣紙鋪在地上，用很大的動作畫了幾條線，然後用單手高高舉起。

【S彎道和祠廟】

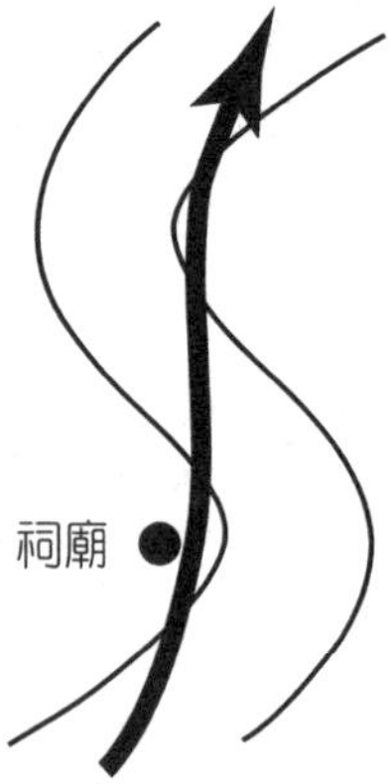

「她走的是『最短的距離』。祠廟位於S彎道的內側，如果她越過路肩走直線，自然會走到祠廟旁，踩到水缽也沒什麼奇怪的。」

又是一陣寂靜。艾里奧睜大眼睛默然不語，不知道是佩服偵探想得到這麼有說服力的答案，還是覺得他為此專程拿出筆墨真是無聊。

沙、沙，偵探像揮旗似地揚了揚宣紙，然後隨手丟在地上。八星立刻從後面跑過來，撿起地上的紙。

偵探把筆墨一併交給八星，接著轉身對艾里奧說：

「就這樣。你還有話要說嗎？」

艾里奧沒有回答，只是握著胸前的墜子僵立不動，默默地轉開了臉。

默認。也就是投降的意思。

分出勝負了。

扶琳突然覺得全身虛脫。

她裝出一副百無聊賴的態度按摩手腳，舒緩緊繃的肌肉。總算是撿回一條命了……這真是一場驚心動魄的推理品評會。她自從金盆洗手以來很久都沒體驗過這種緊張感了，甚至有一種懷念的感覺。

但是……

她不明白。

這只是很普通的反證，裡面沒有哪句話暗示著這事跟她有關，雖然偵探談到了幫傭婦作案的可能性，但這是艾里奧提出的假設，新娘弄溼的足袋和拖鞋也跟她扯不上關係，所以絕無可能把嫌疑導向她的身上。

為什麼？這種反證有什麼不好說的？

此時……

「小姚。」

沈老大喝著酒，一邊說道。

「妳到底……在酒器上做了什麼手腳？」

第十三章

心臟瞬間結凍。

什麼……？

出乎意料的一擊。如同黑夜裡的凶刃。沈老大說的「酒器」顯然不是她現在拿的酒瓶，而是婚禮上用的「酒壺」，而且她很肯定扶琳在酒壺動了手腳。可是……

為什麼會被發現？

「……沈老大在說什麼啊？」

扶琳神色泰然地回答，但手中的酒杯裡已經起了漣漪，她若無其事地放下杯子拿起菸管。混帳，冷靜點！她只是在套我的話！

沈老大把腿上的琵琶直立起來，長長地吁出一口氣。

「這樣互相猜測還真累人。看在和妳交情這麼久的分上，我就奉陪到底吧。最初讓我起疑的，是妳對那小子不經意說出的一句話。」

扶琳死命地搜索著記憶。不經意說出的……一句話？

「那小子被儷西的假設逼得走投無路時，妳用日語說了『你也做好心理準備吧』。

妳會用那個『也』字，就表示除了那小子之外還有其他『做好心理準備的人』。

我一開始以為妳指的是被綁來的那些日本人，後來仔細想想，那些人『既不懂中文，也不知道為何被綁來這裡』，不可能做好心理準備，而妳一定也很清楚這點。照這句話的脈絡看來，除了那小子以外，做好心理準備的人應該是……」

扶琳聽得目瞪口呆。

「老大……不是聽不懂日語嗎？」

沈老大一聽就笑了。

「喔喔，妳是指我叫儷西幫忙翻譯的事嗎？我是說我聽不懂『那些傢伙』說的話，又不是說我聽不懂日語，那時我只是不太理解對話的內容罷了。妳的聲音我早就聽習慣了，而且我當然不會把妳視為『那些傢伙』。」

中招了……

原來那是偽裝的！結果她根本只是老年重聽嘛！

「別這麼不高興，小姚，瞞著妳真是不好意思，不過假裝聽不懂才能讓大家放心地說出真話，這是自保的祕訣啊。不過妳放心吧，我還沒有精明到看得懂妳們的暗號。那招還真是高明啊。」

沈雯娟……

在江湖上被譬喻成「呂娥姁」的稀世惡女。

呂娥姁指的就是剛才那個「人彘」故事中的主角，漢高祖劉邦的正宮——呂后。

呂后在劉邦死後把威脅她兒子稱帝的人一個一個地抹殺，不擇手段地除掉阻礙者，而這個女人能爬到今天的地位用的也是同樣的手法，所以大家才會在私底下那樣稱呼她。

要玩爾虞我詐這一套，扶琳是絕對鬥不過她的……

「但妳到底做了什麼心理準備呢？看妳先前的舉動，顯然是為了拷問那個少女的事。我當初也以為妳只是憐憫她，因為妳是個重情重義的人，我能理解妳脫離幫派之後不想再做這種暴力行為的心情。

但妳聽到艾里奧那個假設的態度又讓我感到疑惑。小姚，妳……為什麼『沒有阻止儷西的反駁』呢？」

沈老大把椅子轉向這邊，用假指甲輕輕彈起琵琶的琴弦。

「難道妳不只同情那個少女，連這幫傭婦也想包庇嗎？這也太博愛了吧。但這不是事實，妳還不至於那麼濫情。

因為妳在拒絕對少女行刑時要求換另一個人來開刀，也就是說，『妳寧可對少女以外的人動刑』。看儷西和妳在洗手間裡的互動，她的心顯然還是向著妳的，只要妳開口，一定可以阻止她。但妳只是靜靜地旁觀，沒有叫她停下來，這是為什麼呢？」

崩兒崩兒。她的手指撥弄著琵琶。

「儷西反駁艾里奧並不奇怪，她本來就是個陰晴不定又衝動的丫頭，會因競爭心態而和艾里奧作對也很正常，『妳沒有阻止她才不正常』。那麼，該怎麼解釋妳這個不正常的舉動呢？如果不是單純出於慈悲，那妳包庇的這兩個人一定有某種共通點。我第一個想到的共通點是女性，不過俵屋家活下來的全都是女性。那麼少女和幫傭婦『除了性別以外』還有什麼共通點呢……」

沈老大的指甲勾緊琴弦。

「這時我注意到，她們兩人『都碰過酒器』。」

崩……琵琶的聲響久久繚繞不去。

「少女和中年女子，這兩人乍看之下沒有任何關聯，也正是因為如此，才讓她們的唯一共同點變得更醒目。難道酒器裡藏了什麼祕密？大概是天性使然吧，我一旦起疑，先前沒注意到的枝微末節也會開始懷疑起來。這時我想到，小姚出現在那場婚禮上只是巧合嗎？妳和那位少女之間有什麼淵源嗎？向來懶得出門的妳會跑到那種窮鄉僻壤，還在大熱天裡特地去參觀毫無瓜葛的人舉行婚禮，真正的理由到底是什麼？」

沈老大說到這裡停了下來，閉上眼睛，彷彿在享受琵琶的餘韻，好一會兒才睜開眼睛。

「妳大意了呢，小姚，就算只是做做樣子也好，妳當時應該阻止儷西的。」

扶琳的耳底迴盪著沈老大這句話和琵琶的樂聲。

「很……」

扶琳嚥著口水，擠出聲音說：

「很抱歉，沈老大，是妳想太多了……」

「……或許吧。無妨，只要找那個少女和幫傭婦來對質就知道了。現在先讓那個女孩吐出實話。儷西，動手吧。」

儷西猶豫地望向扶琳。笨蛋，別看這裡啊！扶琳轉移目光，在心中罵道，同時也埋怨自己的疏忽。

……我的確大意了。沒想到讓我露出馬腳的不是反證的內容，而是「反證」這個行為。而且我還被沈老大的演技騙過，說了不該說的話，這真是典型的自取滅亡。如果那些嫌犯懂中文就好了……不對，如果我有「假意阻止儷西」就好了，那樣至少還有辦法開脫。

這就是偵探遲遲不說出反證的理由嗎？或許他早就從我的失言和沈老大的態度發現了我已經遭到懷疑，所以故意給我提示，問我是否認識俵屋……他遲遲不說出反證，應該是要讓我有機會自己澄清……但是艾里奧質疑他在「包庇某人」之後，他知道不能再拖下去，才說了出來……

「請等一下，沈老大。」

這時偵探突然開口。

扶琳無力地抬頭望去。不會吧……難道他還想幫我說話？事到如今還有什麼好說的？

很遺憾，這事確實是我幹的，雖然你為了包庇我故意裝作不知道我和俵屋的關係，但這反而證明「你早就發現真相了」。也就是說，你的奇蹟宣告是個「謊言」。如果你再繼續反駁，繼續否定事實，那你就得開始……

證明這個「謊言」。

偵探走到舞臺最前端，用不同顏色的眼睛望著扶琳，扶琳不禁渾身一顫。別說了，我不想再欠你更多了，你知道自己在做什麼嗎？如果你去證明這個謊言，如果你真的證明了這個謊言，就等於承認「你的論證沒有一絲真實性」。如果無論是事實或謊言你都能證明，你的證明就沒有任何價值了，你過去為「證明奇蹟」所做的一切努力都付諸流水了。如果要讓你付出這麼大的代價來救我……那我……

偵探輕聲叫道。

「扶琳……」

別再說了！

「妳剛才說的話……是真的嗎？」

……什麼？

＊＊＊

……他說了什麼？

雖然她的年紀和沈老大還差一大截，她卻忍不住懷疑自己重聽。是聽錯了嗎……不對，是幻聽吧？這個男人……剛剛說了什麼？

「真的是妳嗎？那件事真的是妳做的？真叫人不敢相信，竟然是這樣……原來妳真的認識俵屋啊……」

不，不是幻聽，偵探的聲音正常地傳進扶琳的耳中。可是……這算正常嗎？難道是我誤會了？如果我沒有誤會，而且偵探的發言也沒有弦外之音的話……

不會吧……

難道這個男人……

真的沒有發現「凶手是我」？

「老佛爺！快逃！」

儷西大叫一聲，從舞臺上跳了下來。

她一到扶琳身邊，就從腿上的槍套抽出手槍，但她才剛擺好架式，就有一件物品飛過來打掉她的槍。那是琵琶，一定是沈老大丟過來的。

沈老大的手下立刻圍上來，幾十支槍的槍口瞄準了她們。儷西啪地一下攤開白扇，扶琳一把抓住她的手。
「老佛爺……」
儷西看著扶琳，眼神中既無埋怨也無哀求。
沈老大穿過人牆走了過來。
「儷西，念在妳勞苦功高，我就不追究妳對我舉槍相向的事了。妳做個選擇吧，妳是要親手處置這個欺瞞我的女人，還是要和這女人一起受刑？」
我氣數已盡了嗎……
扶琳被沈老大的手下粗暴地按在地上，她卻笑了出來。我就要命喪此地了嗎？沒想到我最後竟然成了一隻狗葬禮上的餘興節目。對我這樣殺人無數的大壞蛋而言，這種結局不也挺有意思的嗎？
那群手下準備給扶琳蒙上眼睛，用繩子綑住嘴巴。繩子是用來防止她自殺的。她抬起頭來，想趁著還能開口的時候對偵探抱怨幾句，但又突然轉念。
也罷，沒有什麼好埋怨的，我本來就不該對他抱持期待，我們之間只有債務人和債主的關係，是我自己胡亂猜測別人的想法，他才該抱怨我妨礙他的證明吧。
抱歉，上苙，是我搞砸了你的奇蹟。我會把你的債務一筆勾銷，請你原諒我吧……
「……妳在做什麼啊，沈老大？」

站在舞臺上的偵探說道。

「真熱鬧啊，這是香港電影的武行彩排嗎？是的話乾脆給我兩把手槍，讓我也一起玩吧……但是請妳先讓我把說到一半的論證做個結尾。言歸正傳，沈老大。關於妳剛才提出的假設……」

偵探從高處看著沈老大。掛在他胸前的純銀玫瑰念珠發出閃亮的光芒。

「這種可能性我早就想到了。」

＊＊＊

……啊？

扶琳震驚到幾乎忘了呼吸。

這……是怎麼回事？

從偵探剛才的反應看來，他顯然沒想到她就是真凶的可能性。他聽到這是她做的明明表現得很訝異，怎麼現在又說他早就想到了？為什麼？這到底是……

開朗的笑聲傳來。

「怎麼啦，扶琳？妳那錯愕的表情真可愛，就像第一次看到鏡子的柯基犬。能看到妳這種表情，就不枉我花上五百萬渡海而來了……」

偵探用手指比出相框的動作，笑著說道。

「妳放心吧，我早就說過這是『奇蹟』，沒有人為因素介入的餘地。現在我就來解釋妳的詭計……」

＊＊＊

偵探走到舞臺中央，轉身面對觀眾席，開口說道：

「扶琳，我就開門見山地說吧，妳這詭計利用的是『男女不同的飲酒方式』。

在這案件中，死者和倖存者有著明顯的分別，因為死者『都是男性』。

要說在場男女的舉止有什麼不同的話，那就是喝酒的方式。俵屋正造事先指示過雙方家人，男人要『豪邁地大喝』來展現男子氣概，女人則是要『小口啜飲』，這樣比較優雅，也能『避免弄髒昂貴的禮服』——妳正是利用了這一點。

那麼，要怎麼利用呢？

答案就是『酒水分層』。

酒的比重小於水，不甜的酒就更輕了，水中若摻進溶質，比重會變得更大。所以先倒入含有砒霜的水，再輕輕倒入酒，就能讓酒和毒水分成上下兩層。這是很常見的調酒技巧。

如果酒和水分成兩層，小口啜飲的女性就喝不到毒水了。不見得每個男性都會喝到致死的分量，但是只要容許失敗的可能，這也算不上什麼大問題。在合飲時，每個人都很慎重地拿著杯子，所以分層的酒水不會混在一起。

重點是，要怎麼讓酒水分層呢？儀式的安排是讓少女當著眾人的面把酒倒入杯中，所以沒辦法在那之前動手腳。但酒是沿著杯緣『慢慢倒入』的，所以只要在酒壺裡安裝『先倒出毒水再倒出酒』的機關，然後『慢慢地倒酒』，就能讓酒水分成上下兩層。

「有可能做出這種機關嗎？答案是，當然可能。」

偵探對八星使了一個眼色，八星馬上拿來紙筆，偵探在紙上畫了幾張圖。

【酒壺設計示意圖】

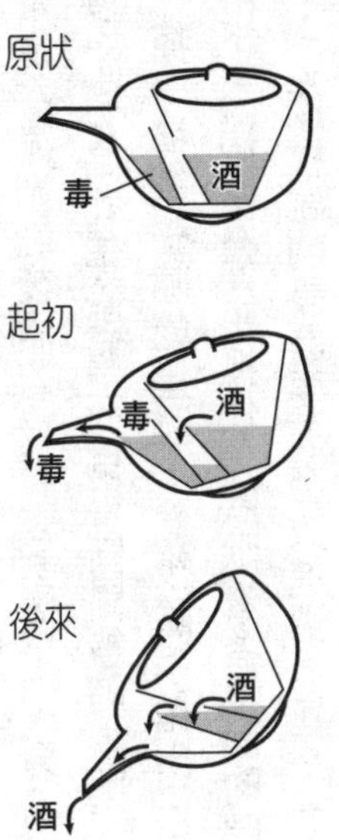

「只要做成這樣的三層構造就行了。酒器內部分成三層，最靠近壺嘴的第一層裝了毒水，第三層裝了酒，第二層則是空的。

倒酒的時候，起初流出來的是最靠近壺嘴的毒水，第三層的酒只會流到第二層。等第一層的毒水流光之後，第二層已經裝滿了酒，後來流出來的就是酒了。

實際操作時可能還得做一些細部調整，總之原理大概就是這樣。這裡有一個問題，就是毒水流光之後酒若沒有立刻流出，會造成不自然的中斷，不過旁人看了大概只會覺得『少女因為太緊張而倒得斷斷續續』吧。」

偵探揮一揮紙張晾乾墨跡，然後隨手拋出，宣紙像白鷺鷥一樣優雅地飛起，朝著沈老大落下，沈老大伸手抓住，默默看著上面的圖畫。

「……這麼複雜的設計要怎麼放進酒壺裡？」

「方法很簡單。首先是造出三層構造的機關。那個國寶級的酒壺在網路上都找得到詳細資料，靠著3D印刷就可以完美重現酒壺的複雜形狀。把機關的內側漆成和酒壺一樣的顏色，外面做成可以從蓋口插進去的形狀，就能方便地安裝和拆卸了。

接著要把這機關放進酒壺裡。安裝的時間點多半是彩排之後，幫傭婦可以趁著收拾酒器時動手腳，含砒霜的毒水也是在這時放進去的。順帶一提，砒霜可以事後再掉包，所以在這個時間點還用不著去偷新娘的砒霜。

隔天取出酒壺的人是新郎大妹，她前一天並沒有碰酒器，所以不會發現酒壺變重了，而且這是國寶級的精品，搬運時當然要慎重其事地放在托盤上，所以更不容易發現裡面被人動過手腳。

接下來就是等合飲結束之後取回裡面的機關，再把新娘小瓶子裡的砒霜換成用來下毒的那種砒霜就行了。

扶琳，這就是妳叫幫傭婦執行的詭計。」

他最後一句話是看著扶琳說的。扶琳一句話都說不出來。全都被他說中了。偵探簡直就像親眼看到似的，說得分毫不差。

事情的開端是因為扶琳那間人頭公司。

俵屋不只唆使之前的社長侵占公司的資金，還用黑心的投資計畫讓她的公司虧損了一大筆錢。就像偵探警告過她的一樣。

不過這次死掉的三個人——俵屋正造和他的兒子廣翔，以及參與詐欺的和田一平——連她公司在洗錢的事都知道，所以她非得除掉這些人不可。扶琳沒有向沈老大報告這些事，只是因為覺得很沒面子，就算要說出來，也要等到自己親手解決之後再說。

扶琳本來只打算直截了當地暗殺，但是聽到幫傭婦說了新娘的情況以及她帶著砒霜的事之後，卻突然玩心大作。順帶一提，她的靈感來源就是那個「尾礦庫」：水壩的構造讓她想到了「水壩式的三層酒壺」，而浮著油膜的水面讓她想到了「酒水分層」的技巧。

就算這招殺不死三人，再找其他機會下手就好了，所以和偵探說的一樣，她可以容許計畫失敗。假裝使用新娘的砒霜是為了把警察的注意力拉到新娘身上，讓幫傭婦能趁機遠走高飛，最後再讓警方「從捲款潛逃的幫傭婦家中發現了犯罪計畫的筆記和改造酒壺的工具」，整個計畫就順利落幕了。

狗闖進來是她沒料到的突發狀況，所幸新娘父親之後把全部的酒喝光了，否則酒和毒水被狗的舌頭攪混，一定會連新娘的姑姑都毒死，使得詭計更容易被人看穿。狗之所以會死，就是因為那時舔到了下層的毒水。

扶琳想得出這種詭計連她自己都有些驚訝，或許是因為和偵探混在一起久了，聽了很多這類的詭計，所以受到影響吧。

這時扶琳發現偵探一直盯著她看。

「……幹麼？」

「沒什麼……」

偵探微笑著垂下視線。

「只是覺得妳改變了很多哪，扶琳。如果是以前的妳才不會做這麼麻煩的事，而是會直接在酒中下毒，把全部的人都毒死。我也是因為這樣才沒有想到這是妳做的……不對，正確說來，當我發現俵屋和妳公司的牽連，就立刻想到了這種可能性，但又覺得這不像妳的作風，所以又拋開這個想法……」

扶琳微微地臉紅了。這個男人幹麼講得一副好像很了解我的樣子……

儷西用扇子遮著嘴，走到偵探面前，歪著頭看他，髮絲從肩膀滑下。

「可是，先生，你這番話不就是在說老佛爺有可能作案嗎……」

偵探笑著搖頭說：

「不是的，儷西。妳不用擔心，因為這個詭計『失敗了』。」

＊＊＊

「那我繼續說下去吧。」

當著不知是第幾次睜大眼睛的扶琳面前，偵探繼續正經八百地論證。

「如同我剛才已經證明過的，幫傭婦在婚禮進行之間去了『和美小姐』的祠廟，但是她為什麼要出門呢？」

儷西不解地眨著眼睛。

「你不是說過她是出去買東西嗎？」

「那是『她沒有作案』的情況。如果她有作案，情況就不一樣了，因為在這個假設之中，她必須在合飲之後『盡快藏起酒壺裡的機關』。

若是案發之後有人起疑，跑去檢查酒壺，事情就會曝光，所以幫傭婦如果要讓這個詭計成功，『一定要在任何人發現之前收走酒壺裡的機關』。出事之後現場亂成一團，要收走東西並不難，但還是有些危險，因為『可能有人在她收走機關之前收拾了酒壺』。

那麼，實際的情況是怎樣呢？幫傭婦真的收走了那個機關嗎？」

偵探拉起了趴在地上仔細擦拭墨漬的八星，從他背後的包包裡抽出一本筆記本。

「借我用一下，聯。」

他翻開筆記本，迅速地寫了一些字，然後從舞臺上展示給眾人看。從這麼遠的距離當然看不見那麼小的字。

儷西機伶地拿起偵探手中的筆記本送過來。

【幫傭婦的行動】

婚禮的詳細經過	
16:05	瀨那到達廚房。愛美珂、絹亞（新郎小妹）、紀紗子（新郎母親）出來迎接。
16:08	瀨那到達大廳堂──先在「月之廳」和一平與時子（新娘姑姑）會合。
～	介紹人和兩家人打招呼、交換禮品等等。
16:30	雙葉（斟酒員）從小房間拿出酒器，當眾用酒壺將酒倒入杯中。
	幫傭婦離開宅邸。
16:33	廣翔喝了酒。
16:35	正造喝了酒。
16:38	狗闖進來。
16:39	一平喝光杯中的酒。
16:41	雙葉將酒器放回小房間。
16:42	歌舞開始。
16:45	正造、廣翔、一平依序倒下。（廣翔喝下酒的12分鐘後）
～	打電話叫救護車，外人離開宅邸。（翠生獨自照顧受害者。）
16:50	愛美珂和雙葉一起把酒器收回儲藏室。
17:01	救護車到達。（打完電話的15分鐘之後，因為橋壞了而遲延。）
	幫傭婦回到宅邸。

「啊！」

八星也跟著儷西一起走過來，湊在扶琳身邊看著筆記本，然後突然大叫一聲。

「她『沒有趕上』！」

「沒錯，聯。幫傭婦回到宅邸是在下午五點一分，但是『愛美珂早在四點五十分就把酒器收回儲藏室了』，也就是說，幫傭婦來不及收回機關。但是愛美珂她們在清洗酒器的時候並沒有發現異樣之處，這是為什麼呢？」

八星在扶琳的身旁乾嚥著口水。

「因為……她『沒有安裝機關』……？」

「是的。反過來看，或許就是『因為失敗』，她才會在這個時候出門。如果幫傭婦沒有作案，她出門的理由可能只是為了買東西，但在她有作案的情況下，應該有更好的理由可以解釋『她為什麼急到要用最短距離跑過S彎道』。

接下來我要說的都只是猜測。假設幫傭婦並不是主謀，而是『奉命行事』，也就是說另有他人在背後指使。然後我再假設，她『若是行動失敗就會遭到處罰』。如此說來，應該可以這麼解釋：幫傭婦的行動失敗了，她害怕受到幕後指使者的處罰，因此畏罪潛逃，但她在途中得知三人死掉的事，心想這樣就有辦法蒙混過去了，所以又急忙趕回來……如何啊，扶琳？妳覺得我說得有道理嗎？」

偵探用詢問的眼神望著扶琳，扶琳便默認了。扶琳確實對幫傭婦說過，失敗的話會讓她死得很難看——這確實有處罰的意思，同時也有滅口的意思。如果留下這個禍根，讓警察循線查到她的身上，事情就麻煩了。

偵探繼續說：

「整理一下先前的推論，當天幫傭婦的行動如下：

幕後黑手就姑且稱為X吧。X事先調查過俵屋家的情況，收買了幫傭婦，命她執行這個殺人計畫。

幫傭婦依照X的指示進行準備，但在婚禮前一天安裝機關的計畫卻失敗了，或許是俵屋正造防守得太嚴密，她找不到機會安裝吧，這也是很有可能的。幫傭婦隔天繼續努力嘗試，結果直到合飲開始都找不到機會。計畫徹底失敗了，幫傭婦害怕遭到X的報復，所以不知所措地逃出宅邸。

幫傭婦想確認有沒有人發現她跑掉了，所以一邊用手機關注婚禮的情況，一邊沿著山路跑向山後的車站。她特地走山路，又選擇比較遠的車站，當然是為了避人耳目，免得有人循跡追來。

她在途中踩到了『和美小姐』祠廟前的水缽。既然她邊跑邊看手機，會發生這種事也很正常。案發之後，她得知那三個人都死了，雖然不知道原因為何，但她想到這樣就能蒙混過去，便急急忙忙地折返。

依照原先的計畫，幫傭婦事後必須把新娘的砒霜換成她準備的砒霜，但這個案件用的既然不是她的砒霜，掉包就沒有意義了。她想到這點之後，就把事先準備的砒霜偷偷處理掉了。

剛才說的幫傭婦的行動完全是我自己想像的故事，不過『幫傭婦安裝機關失敗』這一點是從客觀事實分析出來的結論。也就是說，不管故事背景如何，這個詭計都……」

「等一下，上苙！」

扶琳大喝一聲。

她踢開椅子站起來，大步走到舞臺前，用挑戰的眼神仰望著偵探。

「你是認真的嗎？你說我不是兇手？」

偵探用不同顏色的眼睛俯視她。

「是啊，我是認真的。妳一定收到了共犯謊報的成功消息吧。妳只是『殺人未遂』的主謀，不是殺人的真兇。真正的兇手是『和美小姐』。」

「怎麼可能！這種話你要我怎麼相信！這麼瘋狂的論點……」

「沈老大。」

偵探轉身面向正沉浸在思緒中的女首領。

「你們發現幫傭婦的行蹤了嗎？」

沈老大抬眼想想，然後招來一名手下，低聲講了幾句話，手下用耳機麥克風跟某人確認後又回報沈老大，女首領沉默了片刻。

「……她好像失蹤了。」

扶琳也轉了身，快步跑向自己放包包的地方。

她把包包裡的東西全部倒在桌上，抓起一支衛星手機，撥打某個號碼，幾秒鐘之後就聽到機械語音說的「您撥打的號碼目前無人使用」。

「哈哈……」

她不禁笑了出來。

把幕後黑手稱為X？
不管故事背景如何？

這個偵探……

不用揪出我是凶手，就能推翻我作案的可能性……

扶琳笑到停不下來。什麼跟什麼嘛。扶琳發現偵探看著她，但仍繼續瘋狂地大笑。偵探轉向沈老大，悠然說道：

「以上就是我的反證。那麼，沈老大，妳現在也該消氣了，請放了那些人吧。」

沈老大凶狠地回答：

「不成，那些人的嫌疑還沒洗清。」
「為什麼？不是已經真相大白了嗎？」
「那凶手是誰？」
「沒有凶手，這是『奇蹟』。如果妳硬要我指出一個凶手的話，那就是『和美小姐』。」
「別開玩笑了，誰會相信這種胡說八道？」
「『和美小姐』的奇蹟和基督信仰的救贖觀點確實大相逕庭，她展現了可怕的力量，把新娘的砒霜轉移到受害者的體內。『和美小姐』未曾受洗，是在罪孽之中死去的，她大概只能用重現自己死亡的方式來回應新娘的祈求吧。『和美小姐』在那個小鎮被奉為守護神，同時也是個凶神，但是不管怎麼說，她的庇佑都是超自然的力量。」
「我沒興趣聽你的幻想。」
「除了這幻想之外的各種假設都被推翻了。所有出自人為因素的可能性都已經被提出，以人類的智識也無法想出新娘皮箱裡的砒霜能藉著什麼巧合的、自然的方式進入受害者的體內。
所以剩下的可能性只有『奇蹟』，這是經過證明的事實，妳不相信我也沒辦法。」
「證明？你證明了什麼？你只是挑剔了艾里奧和儷西假設之中的漏洞，光是這樣怎麼能說是推翻了所有的可能性……」
「是嗎？果然還是得『全部』展現出來嗎？」

偵探轉身走向舞臺後方。

「平時我都會先打好報告書，但這次沒這麼多時間。那麼……」

偵探指著舞臺側翼，對八星下了指示。

「如果妳不介意看『簡略版』，我現在就寫給妳看。」

哈——扶琳頓時停止了大笑。

在寂靜的劇場中，只見八星跑進側翼拿出紙筆，偵探看看那些東西，向從前的徒弟問道「有沒有刷子？」，那小鬼又跑進去，拿了一把刷子回來。

偵探接過刷子，抓著墨水罐和鐵管椅走向舞臺後方的「白色布幕」，把椅子放在布幕前，將刷子浸入墨汁，然後站到椅子上，吩咐八星把布幕拉緊，刷子豪邁地劃過白幕。

「『對逼婚寧死不屈』——這是基督信仰中的聖女傳說常見的模式。」

偵探飛快地寫著字，一邊用閒聊的語氣說著。

「譬如古羅馬的殉道者聖依搦斯，她因為拒絕羅馬官長的求婚而被處以極刑；聖亞加大和聖瑪加利大這兩人也是因為拒絕羅馬高官的求婚而被殺害的貞女；因為湧泉的神蹟而聞名的聖維妮芙瑞德也是因拒絕了手握大權的異教徒的求婚而被砍頭……不過她的叔叔聖貝諾立刻又把她的頭接了回去，算是例外的情況。

要比喻的話，最合適的例子還是『鬍鬚聖女維爾吉佛蒂絲』（Wilgefortis）。她在歐洲各地都有不同的名字，在英國叫安坎柏（Uncumber），在德國叫庫美尼斯（Kummernis），在荷蘭叫翁可梅娜（Ontkommena），在義大利叫里貝拉達（Liberata）。這位葡萄牙公主是個虔誠的天主教徒，當國王逼她和別國的國王政治聯姻時，她求神保護她的貞潔，結果她長出了鬍子，婚事也因此告吹，震怒的國王便下令把她釘死在十字架上。由於這件事蹟，她成了『婚姻不幸者』的主保聖人，廣受人民敬奉……」

刷子躍動在白布之上，墨水四處飛濺。

「『和美小姐』就相當於『日本的聖女維爾吉佛蒂絲』。在日本也有類似的故事，譬如山口的姬山傳說，但那個故事的女主角不只沒有帶來祝福，反而還詛咒那個地區『不會再有像她一樣的美女』。像『和美小姐』這種殺死結婚對象的激進行為算是比較少見的，這次的事件或許就是以『殺人』這種激進形式所顯現的奇蹟吧。」

偵探滔滔不絕地說著他的研究和評論，而扶琳只是左耳進右耳出。自言自語一陣子之後，他終於停了筆，爬下椅子，以寫滿中文字的白色布幕為背景，朝沈老大鞠躬。

「沈老大，請妳過目。」

＊＊＊

〈[redacted]奇蹟的證明（簡略版）

證明過程如下：

（一）凶手特地去偷新娘嚴加看管的砒霜，又沒有丟掉可以當作證據的小瓶子，可見凶手企圖「嫁禍給別人」來掩飾自己的犯行。

（二）從發作時間可推測出受害者是在合飲之中或之後吃進砒霜的。合飲之中的下毒途徑有三種：杯子、酒、直接投毒。合飲之後的下毒途徑是透過翠生。

（三）下毒途徑為杯子的情況

杯子是黑色，而砒霜是白色，所以砒霜應該是抹在杯子銀白色的部分。愛美珂在婚禮當天洗過杯子，所以不可能是在那之前下毒的，而且大廳堂裡的人無法進入放酒器的小房間，所以有機會把杯子抹上砒霜的只有事先準備酒器的愛美珂、在端酒的途中摸了酒杯的瀨那和絹亞、在事前及狗闖進來時摸了杯子的雙葉這四人。

從愛美珂存活一事及座位安排來看，瀨那能殺的只有正造，絹亞能殺的只有一平。如果雙葉是在事前下毒，能殺的只有廣翔和正造。

按照這些條件，三件凶殺案的模式如下表：

【凶手的組合】

受害者	廣翔	正造	一平	方法
模式（三件凶殺案執行者的組合）				
A	愛美珂	愛美珂	愛美珂	奇數號碼殺人論（愛美珂獨自作案論）
B	愛美珂	愛美珂	絹亞	※愛美珂下了兩人份的毒藥，絹亞下了一人份的毒藥。
C	愛美珂	愛美珂	雙葉	故意縱狗論（愛美珂、雙葉合謀論）※愛美珂下了兩人份的毒藥，雙葉下了一人份的毒藥。
D	愛美珂	瀨那	絹亞	前一位行凶論（愛美珂、瀨那、絹亞合謀論）
E	愛美珂	瀨那	雙葉	故意縱狗論（愛美珂、瀨那、雙葉合謀論）
F	雙葉	瀨那	絹亞	前一位行凶論（雙葉、瀨那、絹亞合謀論）
G	雙葉	瀨那	雙葉	故意縱狗論（瀨那、雙葉合謀論）
H	雙葉	雙葉	絹亞	※雙葉下了兩人份的毒藥，絹亞下了一人份的毒藥。
I	雙葉	雙葉	雙葉	故意縱狗論（雙葉獨自作案論）

此外，除非是凶手或共犯，否則「瀨那和絹亞差點跌倒」、「雙葉的狗闖進來」、「翠生照顧受害者」這三件事是無法預料的。

在事發隔天討論案情時沒有提出其他的作案方法，可見凶手想得到的嫁禍說詞只有「愛美珂或雙葉事前在杯子的銀白色部分抹了砒霜，殺死座位是奇數號碼的人」。在模式B～H中，後面的凶手如果不知道前面的凶手要作案就無法使用這個說詞，所以B～H都是合謀的情況。

基於這些前提，以下就個別檢驗每一種模式。

（三—一）模式A、B、C、D、E——愛美珂參與犯案的情況

在模式C中，雙葉也是共犯，所以沒有嫁禍的對象。在其餘模式中，愛美珂如果要嫁禍給雙葉一定要說自己「沒喝酒」，事實上她卻「發出聲音啜飲」。**因此有矛盾**。

（三—二）模式F、H——絹亞參與犯案的情況（不包含已推翻的假設）

絹亞把杯子傳給一平之前，先讓狗舔了酒，如果狗沒事而一平死了，就會被看出是她下毒的，這舉動顯然違反了遮掩犯行的企圖。**因此有矛盾**。

（三—三）模式G——瀨那參與犯案的情況（不包含已推翻的假設）

瀨那如果要嫁禍給別人，一定要給別人在事前偷走她的砒霜，或在事後調包的機

會，但瀨那在事發之前片刻不離皮箱，事後也不確定會不會有人留在家裡，看不出有製造機會的跡象。這種舉動違反了遮掩犯行的企圖。**因此有矛盾**。

※1婚禮前一天，瀨那如果在愛美珂午餐吃的比薩裡下毒，就能造成她提早回家，但是推測吃了剩下比薩的狗並沒有出現異狀，所以這個假設也不成立。

(三—四)模式I——雙葉參與犯案的情況（不包含已推翻的假設）

雙葉無法靠自己偷到砒霜，必須要有共犯，從當時的狀況來看，可能在事前拿到砒霜的是瀨那、愛美珂、絹亞、紀紗子，可能在事後調包砒霜的是珠代，所以共犯必定是其中之一。

但是愛美珂、瀨那、絹亞犯案的可能性已經在（三—一）、（三—二）、（三—三）排除，剩下的只有紀紗子和珠代。

(三—四—一)雙葉的共犯是紀紗子的情況

可能的嫁禍對象是愛美珂，但紀紗子如果要嫁禍給愛美珂，應該會使用倉庫裡的砒霜，但實際上被用來下毒的是新娘的砒霜。**因此有矛盾**。

(三—四—二)雙葉的共犯是珠代的情況

事發隔天，雙葉去俵屋家拿狗的項圈時說了「珠代阿姨一直不肯相信我是小麥的主人雙葉」。珠代和雙葉都會參加婚禮，沒必要在這時假裝互不相識，可見珠代真的不認識雙葉，兩人不可能是共犯。**因此有矛盾**。

（四）下毒途徑為酒的情況

根據酒壺是否被動過手腳，再分成以下兩種情況。

（四—一）酒壺沒被動過手腳

砒霜只能直接加入酒中，在這情況下，除了時子之外的每個人都得假裝喝了酒，所以全都是共犯。不過眾人無法預料「翠生會去照顧受害者」，也就是沒有嫁禍對象。**因此有矛盾**。

※2補充說明，如果說愛美珂等人仗著對砒霜有抗毒性而在酒中下毒，考慮到毒性發作時會嘔吐弄髒衣服，她們不可能特地讓時子換上昂貴的和服。（對砒霜有無抗毒性只要檢驗即可辨明，所以詳情省略。）

（四—二）酒壺被動過手腳

如果事前在酒壺中安裝機關，讓倒入杯中的酒和毒水分成兩層，就有可能只殺死大口喝酒的三名受害者（但是無法專挑三人之中的某人殺害）。

雙葉端出酒壺時，裡面已經有酒，所以雙葉無法做手腳。可能做手腳的只有前一天準備過酒器的珠代，以及當天準備酒器的愛美珂。

（四—二—一）酒壺被珠代動過手腳

安裝機關之後還得收回來，但是從瀨那足袋弄溼之事可以推測出珠代在合飲開始前至救護車即將到達時不在宅邸內，這段時間酒器已經被愛美珂和雙葉洗乾淨，由愛美珂收回儲藏室，而兩人都沒發現酒壺有異狀，這不符合酒壺被動過手腳的假設。**因此有矛盾**。

（四—二—二）酒壺被愛美珂動過手腳

愛美珂犯案的可能性已經在（三—一）排除。**因此有矛盾**。

（五）下毒途徑為直接投毒的情況

凶手可能會趁受害者喝酒的時候從天花板上直接投下砒霜。不過當時除了珠代以外，所有出席婚禮的人都在大廳堂裡，而（四—二—一）也提過珠代不在宅邸內的推論，也就是說沒人可以實行這種方法。**因此有矛盾**。

（六）下毒途徑是翠生的情況（翠生是凶手的情況）

和（三—四）雙葉參與作案的情況一樣，翠生要拿到砒霜必須有共犯，而愛美珂、瀨那、絹亞作案的可能都已被推翻，所以共犯只可能是紀紗子或珠代。

（六—一）翠生的共犯是紀紗子的情況

在這情況下，兩人準備嫁禍的對象可能是雙葉或愛美珂。

（六—一—一）嫁禍給愛美珂的情況

和（三—四—一）的理由一樣，沒有使用倉庫裡的砒霜很不合理。**因此有矛盾**。

（六—一—二）嫁禍給雙葉的情況

紀紗子說「愛美珂發出聲音啜飲」，強調愛美珂有喝酒，等於是否認了雙葉犯案的可能，這不符合嫁禍的企圖。**因此有矛盾**。

（六—二）翠生的共犯是珠代的情況

事發隔天，愛美珂提到珠代「把翠生表哥當成不相干的人擋在外面」。珠代和翠生都會參加婚禮，沒必要在這時假裝互不相識，可見珠代真的不認識翠生，兩人不可能是共犯。**因此有矛盾**。

（七）如第三、四、五、六項所示，下毒途徑無論是杯子、酒、直接投毒，或是翠生，都會產生矛盾。

（八）若非有人刻意為之，新娘皮箱裡的砒霜不可能因巧合的、自然的方式進入受害者體內。

（九）以上論述顯示，人為因素及非人為因素造成的所有可能性都已經被推翻。

（十）因此這是奇蹟現象。■〉

*　*　*

咚！坐在觀眾席的沈老大用力搥了桌子。

「不會的！『絕對不會』是這樣！那你說，為什麼我的冰妮會死？她哪裡得罪『和美小姐』了？」

偵探神色如常地回答：

「和美小姐既是守護神又是凶神，或許她痛恨著全世界的男性，而她判斷性別的標準就是『有沒有子宮』。如果冰妮小姐做過『結紮手術』，已經沒有子宮的話……」

「胡說八道！我怎麼可能對冰妮做出這麼殘忍的事！」

「那麼就是『和美小姐』個性上有些潔癖，厭惡違反倫理的行為，譬如人獸交之類的……」

「別說這麼下流的話！我和冰妮才沒有那種關係！」

……咦？扶琳有些意外。偵探也愣了一下，沒再開口。

沈老大用雙手遮著臉，以細微到令人心驚的聲音說：

「我只是喜歡抱著冰妮睡覺……我只要抱著她就會睡得特別好……她既不會說謊，也不會背叛我……而且她的感覺很敏銳，如果在睡覺時有可疑人物接近她就會開始狂吠……」

奇異的氣氛籠罩著眾人。

扶琳有些困惑。這是怎麼回事……？沈老大說的話確實令人訝異，更奇怪的是偵探為什麼說出這些莫名其妙的猜測……

「……夠了，上苙，別再包庇我了。」

艾里奧不知為何突然這麼說。

別再「包庇我」了……？扶琳凝視著那個義大利男人。艾里奧跳下舞臺，走向放著冰桶的推車，拿起桶中的酒瓶，倒入玻璃杯中。

「沈老大，還好妳『沒有跟那隻狗一起喝酒』。」

他盯著沈老大說。

「那隻狗的項圈鈴鐺藏著玄機，上面挖了一個小洞，用糖塞住，糖的表面覆蓋著一層油脂，在水中不易溶解，但在酒精裡很快就會溶解，如果那隻狗在喝酒時把鈴鐺浸在酒中，油脂和糖溶解了，鈴鐺裡面的砒霜就會流出來。若是熱過的酒，會溶解得更快。」

他拿著斟滿酒的玻璃杯，取下胸前的銀墜子放進杯中。

「順便告訴妳，這個墜子也有類似的機關，但裡面裝的是不同種類的毒藥。那個陷阱會在我意想不到的地方發揮效果真是令人扼腕，或許這就是我的命運吧。新娘父親的體內也被檢驗出新娘的砒霜，那就不是我該負責的了。日本警方沒有詳細檢察狗體內的砒霜，所以我本來以為可以逃過一劫……沒想到上苙竟然會出現在這裡。害你在論戰之中還要顧慮我，真是不好意思……我跟你果真是孽緣匪淺啊。」

艾里奧笑著搖晃酒杯，紅酒在裡面打轉。

「沈老大，妳知道卡瓦列雷真正的目的是什麼嗎？卡瓦列雷聽說妳習慣在晚上跟寵物同杯共飲，所以才想到了這個計謀。沈老大，人和動物還是該保持界線喔，不然妳總有一天會為此丟了性命。這是我苦口婆心的勸告。

我直截了當地說吧，卡瓦列雷真正要送給妳的並不是慰藉人心的玩賞動物，也不是能幹的工具，而是『毒』。」

藍色眼睛含著笑意，艾里奧高舉酒杯。

「沈老大，就此別過。上苙，臨終的聖事就不用了。」

「住手，艾里奧！」

在偵探出聲喝止的同時，艾里奧仰頭喝光了整杯紅酒。

杯子靜靜地放上推車，幾秒鐘後，他按著胸口，另一手攀著推車，重重地摔在地上。

偵探立即從舞臺上跳下來，如風一般地跑到艾里奧身邊，把他扶起來。偵探叫了幾聲，但隨即閉口，把手指按在艾里奧的頸側測量脈搏。

他放下了手，然後慢慢掩上艾里奧的眼睛。

「以上，證明結束。」

第三部　悼

第十四章

一走出計程車，炙熱的夏天空氣就撲面而來。

腳下是一攤積水，水面漂著一些紅色的夾竹桃花瓣。大概是昨天那場雨所造成的。抬眼望去，在滿山的綠意和陽光中，有一抹藍色特別顯眼。藍髮的偵探站在曲線平緩的S彎道的路肩，凝視著簡陋的石祠。

吩咐司機在原地等待後，她也走了過去。旁邊的男人瞥來一眼，一臉鬱悶地說「計程車費先欠著，扶琳」。

男人蹲下去，拿出準備好的線香點燃，然後朝著石祠合掌膜拜。扶琳雙手扠腰在一旁看著。草木之間升起了裊裊香煙，紅花在風中搖擺，如同在撥弄那一頭藍髮。

＊＊＊

今天晚上，這男人就要前往義大利，為了讓一段長年的恩怨畫下句點。

基於某些原因，這個男人和先前提過的義大利樞機卡瓦列雷一直爭論「奇蹟是否存在」，為了展現這次的證明，他要和對方當面對決。

他來「和美小姐」的祠廟參拜，或許就是為了做好對決的心理準備，不然就是為了擅自將她的「奇蹟」挪為私用而道歉……算了，理由是什麼都無所謂，反正她只是幫忙帶路的，收了錢把人帶來就行了。

扶琳走到樹蔭下躲太陽，慢慢地問道：

「對了，上苙……」

「什麼事？」

「沈老大聯絡了我，說那個義大利男人的遺體在港口消失了。你知道是怎麼回事嗎？」

偵探仍維持著雙手合十的姿勢，聳肩回答：

「大概是搬運途中弄丟了吧？運輸意外是常有的事。」

扶琳一邊揮著手趕蚊子，一邊露出笑容。

……這樣啊。你們一開始就是這麼打算的吧。

她對那場騷動的最後一個疑問終於得到答案了。當時偵探要包庇的並不是她，而是「艾里奧」，他是為了保護老朋友才演了那一場戲。

簡單說就是這樣：偵探早已想出了奇蹟的證明，但也發現了狗會死是艾里奧造成的，他不希望平白增加犧牲者，為了想出可以瞞過沈老大的說詞，才會思考那麼久。

但艾里奧發現了偵探的為難，於是挑釁似地說他「像茱麗葉一樣娘娘腔」，向他透露了這個計畫。在「羅密歐與茱麗葉」的故事之中，茱麗葉喝下的毒藥其實是「假死的藥」——那是在暗示偵探，自己打算用這個方法逃出生天，偵探聽了才放心地說出反證。這就是事情的始末。

順帶一提，三位受害者的體內都檢驗出新娘的砒霜，因此可以確定這真的是「和美小姐」引發的奇蹟，被艾里奧殺死的只有狗。

還有，偵探不認為扶琳是凶手，所以才會口無遮攔地說出她和俵屋的關係。想通之後就沒什麼奇怪的了，根本是她自己在白操心。扶琳很氣自己動不動就被這個男人牽著鼻子走，但他早已推翻了扶琳犯案的可能性，就算知道她是幕後黑手，也沒必要顧慮太多。

而且……他還說這個計畫「不像扶琳的作風」。

……我真的變了嗎？

一陣風吹來，頭上的夾竹桃枝葉隨之搖曳，兩三朵紅花被吹落在地。這是「和美小姐」的血淚……或者該說是祝福的花朵。沉眠在這祠廟的傲然芳魂會以怎樣的心情看著這場騷動呢？

扶琳不經意地抬起頭來，從樹梢之間看見了積雨雲。

話說這個男人……

真的證明「奇蹟」了嗎……

附近傳來沙沙的聲響。

扶琳以為是野狗，轉頭望去卻發現是人。被高大野草擋住的路邊走來一位中年女性，她穿著鼠灰色襯衫、有彈性的卡其長褲，看起來又土又灰暗。

那是……新娘的姑姑。

名字好像叫時子吧。那女人看見他們，像隻被人嚇到的野生狸貓，頓時停了下來，慌忙地低頭鞠躬。

偵探也起身回禮。

「妳好……妳是時子女士吧？怎麼會跑來這裡呢？」

時子吞吞吐吐地回答了，但她的聲音含糊不清，扶琳聽不太懂。

「……來散步的嗎？對了，妳的身體還好吧？聽說妳們被注射了很重的藥……」

「上次的事……」

女人又深深地鞠躬。

「真是多虧了你……我聽姪女瀨那說了，是你救了我們的……我卻沒能好好向你道謝……」

她神情肅穆地低著頭，偵探連忙搖手。扶琳默默地退到樹蔭裡，轉開了臉。她還曾經打算殺了那些人，現在真不知該怎麼面對他們。

「所以，那個……我想，至少該向你說聲謝謝……可是我又不知道要怎麼聯絡你……後來我姪女的那個伴娘……叫作雙葉是吧？她說能聯絡到那個叫作八星的男孩，我立刻打電話給他，然後就聽說你今天會過來，所以才跑來這裡等你……」

扶琳費了很多力氣才聽懂對方說的話。她的聽力不像沈老大那麼差，但是這麼拖泥帶水的說話方式真的很難懂。

偵探開朗地回應：

「喔喔，妳太客氣了……但是妳不用放在心上啦。這話有些難以啟齒，其實我會救你們只是順便的。」

「是……我也聽說這件事了。那個，你做這事的理由，那男孩在電話裡也有提過。那個……我本來不打算告訴別人，想要默默地把『那件事』帶進墳墓……但是，那個，聽了你的事之後，我開始懷疑，這樣真的好嗎……」

扶琳挑起眉梢。「那件事」是指什麼？

「那個……」

時子艱辛地抬起頭來。

「你想知道『真相』嗎？」

這一瞬間。

偵探的表情僵住了。

他的右手慢慢地舉起。在夏天裡依然穿著的鑲金線白手套，遮住了那彷彿工藝品的翡翠色右眼。

這是……

——沉思默想（Brown study）。

遮住一隻眼是為了排除無關的事物，睜開一隻眼是為了看見隱藏的事物。當他碰上奇妙難解的事，都會擺出這個姿勢開始內觀。

但是……

他為什麼在此時做出這個動作？

「啊啊……」

偵探維持這個動作往前走幾步，然後癱了下去。

「啊啊…………」

在悲痛的呻吟中，偵探雙膝跪地，積水被濺起水花，水面的落花隨著漣漪搖晃，像棺材旁的鮮花一般包圍著偵探。

他無力地垂著腦袋，那頭帶著金屬光澤的藍髮彷彿不受影響，依然在夏天的陽光下閃閃發亮。

＊＊＊

「那、那個，怎麼了嗎……？」

時子慌張地問道，但偵探一動也不動，扶琳則是默默地盤著雙臂。良久之後才聽到他發出低鳴般的聲音：

「……原來是Y。」

……Y？

「還有一個Y。」

偵探一邊說，一邊沉重地豎起單腳，他撐著膝蓋站起來，但蹣跚地走了幾步，又跌坐在路邊的草叢間，好一陣子都沒再動彈，只是虛脫地望著半空。

「……凶手是『新娘的父親』，也就是妳的弟弟。沒錯吧，時子女士？」

什麼？扶琳挑起一邊眉毛，新娘的姑姑也睜大眼睛，遲疑了一下才點頭回答：

「是的……那個，你怎麼知道……？」

「妳會出現在這裡就說明了一切。原來如此……我還是失敗了……這次我又忽略了最基本的事……」

之後他又陷入沉默。扶琳等了很久還是不見他開口，就按捺不住地離開樹蔭，不顧時子疑惑的視線，走到偵探背後。

「怎麼回事？」

又過了好一會兒他才回答。

「……我遺漏了新娘父親作案的可能性。」

偵探鬱悶地說著。

「方法很簡單，就是之前提過的『毒杯論』。新娘的父親在杯子的銀白色部分抹上兩人份的砒霜，等那兩人倒下之後，他也趁亂吃下了砒霜。說不定他本來只想毒死一個人，但是殘留的砒霜又毒死了第二個人……就這樣，沒有更複雜的機關了。」

扶琳露出訝異的表情。

「新娘的父親在杯子下毒？在什麼時候？怎麼做的？」

「就是在送親遊行期間，宅邸內的人都在房間等候，新娘的父親趁機溜進放酒器的小房間動了手腳。」

「送親遊行？新娘的父親不是也在隊伍中嗎……」

「從新娘家裡跟著遊行隊伍行進的是『另一個人』。」

偵探用自暴自棄的語氣說著。

「那就是『Y』，至於這個『Y』到底是誰都無所謂。反正新娘的父親利用了那地區的兩項傳統婚禮習俗——『下跪相送』和『圍剿娘家』，達成了這個替身詭計。

我照時間順序說明吧。這個詭計始於婚禮的前一天，新娘父親為了彩排而去到俵屋家，但彩排結束之後他並沒有離開，而是躲在宅邸內，譬如庭院的夾竹桃樹叢裡。」

「……新娘父親沒有離開宅邸？可是門口的防盜攝影機不是拍到他和新娘姑姑一起離開嗎……」

「只有新娘姑姑一個人，她是靠著陽傘和輪椅偽裝成兩人。因為出門的時候攝影機只能拍到背面，新娘姑姑穿著新娘父親的衣服，推著輪椅，用陽傘遮住上半身和一部分的輪椅，從後面看起來就像是新娘父親在幫新娘的姑姑推輪椅。」
「可是姑姑的腳不是扭傷了嗎？」
「那是假的。」
偵探瞄了時子一眼，時子縮了一下身子，沒頭沒腦地回答了一句：「啊，對不起……」
偵探轉開視線，用空洞的表情看著前方。
「……婚禮前一天的午後，當新娘外出，家裡空無一人時，新娘父親跑進她的房間，試了所有號碼硬是解開密碼鎖，偷走砒霜，然後在『月之廳』的壁櫥裡躲了一晚。到了婚禮當天，送親遊行開始，他等著新郎大妹把酒器拿進大廳堂的小房間，再從中庭的窗子溜進小房間下毒。
接著他又躲回『月之廳』的壁櫥，代替他參加送親遊行的『Y』到達宅邸之後，再換回身分，親自去參加婚禮。順帶一提，Y在事發之後就趁亂跑掉了。」
「那個Y會是誰呢？是跟他長得很像的人嗎？」
「不需要長得很像。」
偵探立即回答。
「只要身高差不多就行了，因為婚禮之中有『下跪相送』和『圍剿娘家』，所以替身不容易被發現。
送親遊行開始前，父親在家裡迎接新娘時必須『跪地磕頭』，所以女兒『看不見父親的臉』。在遊行途中，因為人們會對父親丟東西，『用和服袖子遮住頭』也是很正常的。

父親穿著平時不會穿的正式禮服，而且是一個人遠遠地走在隊伍前方，所以不容易看出來。婚禮之前只要裝出傷心父親的模樣躲在房裡，就能輕易地瞞過別人，新娘的姑姑也會幫忙遮掩。」

扶琳反射性地望向時子。

她發現扶琳在看，立刻轉開視線。這個女人和新娘的父親是共犯……？她大概是被看得有些尷尬，就走到「和美小姐」的祠廟前蹲下。

「這還真是……」

她靜靜地開了口。

「你說得一點都沒錯，簡直像是親眼從頭看到尾似的……當時弟弟對我解釋了很多次，我還是聽不太懂……」

時子伸手撥掉蓋在祠廟屋頂上的落花。

「詳細的情況我不太清楚，可是弟弟也一直說得不清不楚的。大概在婚禮的三天前吧，弟弟半夜突然打電話來，我還以為他要跟我討論婚禮的事，卻聽到他哭得像個孩子一樣，說著『姊姊，對不起』、『我已經忍不下去了』之類的話……」

「忍不下去？」

時子的表情變得更凝重了。

「他指的是俵屋。那個笨蛋弟弟跟他借了很多錢，只能像狗一樣對他言聽計從……我早就叫弟弟不要再跟那個人牽扯不清了。因為這次婚禮的事，弟弟的忍耐終於到達了極限……不過他忍耐的功力已經超乎常人了。」

時子露出諷刺的笑容，然後把手伸進提袋裡，拿出一罐啤酒，打開拉環倒入水缽，一邊自言自語地說著「和美小姐應該比較喜歡日本酒吧……」。

「……可以請教妳一件事嗎？」

偵探頭也不抬地說。

「你弟弟從一開始就想要嫁禍給女兒嗎？」

時子激動地搖頭。

「怎麼可能！按照弟弟跟我說的話，他準備把事情推給俵屋家的大女兒。他本來說是要去偷倉庫裡的砒霜，不知道為什麼後來用了姪女的砒霜……」

「原來如此。我倒是想到一種解釋，雖然這只是我的猜測。」

偵探用不帶感情的語氣說了下去。

「一平先生本來打算偷倉庫裡的砒霜，但是愛美珂等人回來的比他想像得早，所以他只好用女兒的砒霜。直接偷走砒霜會讓女兒遭到懷疑，所以他一定留下了某些能洗刷女兒罪名的證物……譬如把撿到的一根褐色頭髮放進皮箱裡。」

扶琳歪著頭問道：

「褐色頭髮？皮箱裡有這種東西嗎？」

「新娘當眾打開皮箱時並沒有出現這個東西，但也有理由可以解釋，那就是新娘父親放的假證物『被幫傭婦拿走了』。

扶琳，按照妳的計畫，幫傭婦事後必須換掉新娘小瓶子裡的砒霜。或許她已經打開了皮箱，但又突然想到，既然安裝機關失敗，換掉砒霜也沒有意義，就放棄了——她就是在此時發現了頭髮。

新娘是黑髮，新郎大妹是褐髮，父親本來想用這根頭髮嫁禍給大妹，卻沒想到幫傭婦也是褐髮。

幫傭婦或許以為那是自己的頭髮，所以急忙處理掉……當然，這一切都是猜測。」

時子靜靜地凝視著偵探，好一會兒才站起來，再次朝他深深一鞠躬。這次她比一開始打招呼時鞠躬了更久。

「託你的福，才解開了我最後的心結。我打算先跟你說完之後再去跟姪女說，又很擔心她聽到父親用了她的砒霜會做何感想……現在我終於能放心地說出來了。」

偵探用消沉的眼神看著她說：

「不會……該道謝的是我。可是，把這件事告訴我們真的沒關係嗎？如果被警察知道了，身為共犯的妳也會……」

「嗯嗯，就是啊……」

女人勉強擠出笑容，又蹲在祠廟前。

「該怎麼說呢……畢竟犯罪就是犯罪……」

她停頓了一下，朝著祠廟微笑，像是在徵求和美小姐的同意。

「你對我有救命之恩，如果你真的要告訴警察的話，那就去說吧。

話說回來，我們姊弟倆都很沒擔當呢，連這麼重要的事都要丟給別人決定……」

在唧唧蟬鳴中，女人默默地注視著祠廟。

「真的是這樣呢……我們姊弟倆都不像『和美小姐』那麼勇敢，但我覺得弟弟這次已經很努力了。他的工廠被俵屋併購之後，他就失去了自信和尊嚴，成了人家的傀儡。他自己墮落也就算了，後來還幫著俵屋做些騙人的勾當，讓更多人遭殃……

看到弟弟這個樣子，我還以為他這輩子都只能當個廢物……沒想到他最後還能幹出這樣轟轟烈烈的事，讓我不禁刮目相看。

所以啊，雖然這是很難啟齒的事……雖然這是不該說出來的事……」

時子朝著石祠合起雙手，閉上眼睛。

「我還是忍不住說出來了。我想對弟弟誇獎一句『你做得很好』……」

＊　＊　＊

偏僻車站的月臺上響起了朝氣蓬勃的笑聲。

在盛夏豔陽之下，穿著薄質制服的當地高中女生愉快地嬉鬧。扶琳懷著不安的情緒看著她們，在晒不到陽光的長椅上懶洋洋地用手搧風。好熱……真是熱到叫人受不了。

比夏天的暑氣更令人倦怠的是旁邊那個鬱鬱寡歡的藍髮男人。彷彿只有他的周遭是冬天，讓她的體感溫度降了幾度。換個角度來看，這樣正好可以消暑，但她想到回去的一路上都要看著那張苦悶的臉，就覺得心情沉重。

「……算了啦，這也沒什麼不好的，雖然不是奇蹟，卻見識到了溫暖的親情啊。」

扶琳安慰似地說道，偵探難得露出了無力的笑容。

「這算哪門子的親情？只不過是挾怨報復，還有對惡事視而不見的鄉愿。如果他真的為女兒著想，應該選擇活下去，改變自己的生活，姊姊也不該放棄弟弟，而是要盡力支持。他根本是利用女兒的婚姻來當他自殺的藉口。」

「你這是在遷怒死人嗎？原來你也有這麼可愛的一面。」

「誰遷怒死人了……妳才可愛呢，扶琳，妳當時驚訝的表情真是令人永生難忘。」

扶琳反手握住菸管，正準備動手，偵探就開始裝睡。乾脆讓他就這麼一睡不起吧……

她甩甩頭，打開了剛才買的罐裝烏龍茶，突然發現月臺上的女高中生正看著他們竊竊私語，眼中似乎充滿了欣賞……或是驚訝。這也不奇怪，一個是顯眼的藍髮男人，一個是高䠷的中國女人，兩人走到哪裡都很引人注目。

扶琳靠著椅背，交疊雙腿。在旁邊閉眼裝睡的男人突然開口：

「扶琳，回去的路上要不要去泡個溫泉？」

她一口烏龍茶都噴了出來。

「……我為什麼要陪你做這傷心之旅？」

「理由很明顯吧，因為我沒有錢啊。」

「那我借錢給你就好了。反正我都借給你一億多圓了，再加個幾萬也差不到哪裡去。」

「妳怎麼就是不懂呢，扶琳？現在跟妳借還要多算一天的利息，等到明天 check out 的時候再借，就可以省下一天利息了，這是庶民的智慧啊。」

庶民才不會隨隨便便就欠下一億多圓。不過扶琳懶得思考回絕的藉口，只丟出一句「你高興就好」，繼續喝著烏龍茶。話說這個偵探和那個小鬼都是一個模樣……他們是不是把我當成提款機了？

也罷……畢竟我這條命是被他救回來的。

如果偵探這次找到了真相，身為凶手家屬的新娘和姑姑可能都會被沈老大宰掉，所以他這次的失策才真的是奇蹟，莫名其妙地就讓事情圓滿落幕。算了，錢的問題就不管了，偶爾陪他喝個酒當成慰勞也不錯。

她又咕嚕喝下一口烏龍茶，舉頭仰望，沒被月臺屋頂遮住的地方盡是藍天白雲，真是令人神清氣爽的夏季天空。

放鬆心情之後，扶琳說出了長久以來的疑問：

「……你到底要做這種事到什麼時候？」

偵探也一如往常地回答：

「這種事？」
「這還用問嗎？就是你那無意義的挑戰啊。」
「當然是到成功地證明奇蹟為止。」
「這是不可能的。」
「妳憑什麼這樣肯定？妳又不能證明這事不可能。」
「你這次還是失敗了啊。」
「是啊……我也承認，但這只是因為我還不夠成熟。」
偵探用力一拍自己的拳頭。
「我光是看到『X』就滿足了，還沒發現『Y』就停止了探索。這是我這次失敗的理由，我會好好反省，把這個教訓運用在下一次的挑戰。」
「下一次是『Z』嗎？如果英文字母用完了，還有希臘字母和斯拉夫字母，保證你用不完。」
偵探低著頭苦笑著說：
「代號的數量不是問題。如果變數增加到無數個，更讓人頭痛的是要怎麼分類。地球上的人口是已知的，也就是說嫌犯頂多就是七十幾億人——不會是無限多。」
扶琳無言地看著天上的雲朵。
嫌犯……頂多就是七十幾億人。
說什麼蠢話嘛。偵探的論點嚴格說來並沒有錯，但只能當作笑話聽聽就算了。如果有辦法調查地球上「所有的人」，就算不使用「X」之類的代號，也可以確切地列出「所有的可能性」。換句話說，偵探在理論上確實可以毫無遺漏地檢驗每一個「人為因素」的可能性。

這就是他證明奇蹟最低限度的把握。

至少這方法在理論上有可能達到。

不過……

對一般人而言，這就叫作不可能吧。

＊＊＊

「下次一定要……下次一定要……下次……」

詛咒般的低語從旁邊傳來。扶琳皺起眉頭，望向月臺轉移注意力。

月臺上充滿了「X」之類的符號表示不完的人們。在陽光下嘻嘻哈哈的女高中生、站在她們附近擦汗的西裝男、推著手推車從西裝男背後經過的老婆婆、又叫又笑地從老婆婆身旁跑過的一群小男孩……

月臺上播放起電車到站的廣播，偵探抬起頭來說了些什麼，但他的聲音被月臺上的喧鬧掩蓋過去，傳不到扶琳的耳中。

夾竹桃的花都散落了。

經過昨晚的一場雨，枝頭上一朵花都看不見。從這裡望向庭院只能看到月光下的樹影，但若站在緣廊低頭望去，就能藉著後方房間透出的燈光看見白色花瓣如點點足跡一般灑了滿地。

明天我就要離開這棟宅邸了。

既然婚禮取消，自然是要離開的。結婚申請書已經送出去了，所以我應該會留下離婚一次的紀錄，這對現在的我來說只是小事一件，我反而還很感謝只需要付出這一丁點兒代價，就像掉下懸崖卻只扭傷了腳一樣。

姑姑把事情的真相告訴我了。

聽到父親竟然做出那麼大膽的事，令我大為震驚。如今回頭想想，我才明白婚禮當天他為何要在「月之廳」裡向我下跪第二次，原來當時那句「抱歉」才是父親本人說出的賠罪之詞。

但我還不確定要把這事視為父親的關懷，還是他的自私。姑姑說，要不要告訴警察就讓我自己做決定，但我只覺得要背負這個責任真是太沉重了。現在的我就像剛學會走路的孩子……或許有朝一日必須做出決定，但目前還是讓我懷著如月光下的庭院一樣平靜安詳的心情，小心呵護自己這株新生的嫩芽吧。

話說那個藍髮男人究竟是什麼人？

我突然想起他在船上愉快地揮筆寫字的模樣。

聽說是他救了我們，但我並不清楚詳情，因為有人警告過我「最好不要知道太多」。我的帳戶收到了一大筆錢，那是綁架我們的人給的，大概是遮口費吧。這筆錢加上俵屋家分給我的遺產，以及父親留下的保險金，讓我一下子成了個小富婆，我有很長一段時間都不用擔心生活了。

或許這全是拜那藍髮男人所賜……

坦白說，我到現在都覺得救我的人是「和美小姐」。

那個藍髮男人救了我，一定也是「和美小姐」的安排。那個人就是她的使者。不過「和美小姐」出手相助絕對不是因為同情我，而是不肯讓我隨隨便便地逃避。

她是為了教訓不戰而降的我。

夾竹桃確實有著能殺人的劇毒，但那也是用來自保的劇毒。為了在嚴苛的環境中生存下來，夾竹桃在體內產生可怕的毒素，以免寶貴的枝葉被貪婪的動物吃光，或是讓重要的根莖被蠻橫的蟲子蠶食。

連植物都要為生存而戰，身為人類當然更該奮戰到底。我的父親雖然屢戰屢敗，最後卻很有骨氣地吐出了劇毒。先不論他的做法是對是錯，總之我這個女兒還是願意認同他的努力。

明天我就要離開這棟宅邸了。從明天起，我就要開始獨自作戰了。大概是意識到了這點，我的心情十分激昂，今晚大概也睡不著了。我想必會一直坐在緣廊，直到東方天空發白。

我低頭看著手中的小瓶子。沒辦法了，還是只能藉助這東西的力量。但我不會再像過去那樣故意多吃，就算是藥，吃多了也會變成毒。我還是把藥當成藥來吃吧。我轉動小瓶子，看看寫在背後的服用說明——一天一次，一次兩錠。好的，我不會多吃的。

——完——